Leaves
Publishing

根

以讀者爲其根本

莖

用生活來做支撐

葉

引發思考或功用

果

獲取效益或趣味

合法試婚

結婚的理由

張嫚雯◎著

二色堇PANSY

合法試婚－結婚的理由

作　　者：張嬡雯
出　版　者：葉子出版股份有限公司
發　行　人：宋宏智
總　編　輯：賴筱彌
企劃編輯：傅紀虹
封面設計：簡銳旺
封面插畫：莫燕玲
地　　址：台北市新生南路三段88號7樓之3
電　　話：(02)23635748　　傳　真：(02)23660310
E-mail：leaves@ycrc.com.tw
網　　址：http://www.ycrc.com.tw
郵撥帳號：19735365　　戶　名：葉忠賢
印　　刷：鼎易印刷事業股份有限公司
法律顧問：北辰著作權事務所
初版一刷：2004年1月　　定　價：新台幣200元
ISBN：986-7609-06-9

總　經　銷：揚智文化事業股份有限公司
地　　址：台北市新生南路三段88號5樓之6
電　　話：(02)23660309
傳　　真：(02)23660313

合法試婚：結婚的理由／張嬡雯作. -- 臺北
　市：葉子，2004〔民93〕
　　面；　公分 --（三色堇；1）

　ISBN 986-7609-06-9（平裝）

855　　　　　　　　　　　92013668

※本書如有缺頁、破損、裝訂錯誤，請寄回更換

出版緣起─尋找生命的熱情與動力

「科技始終來自人性」是諾基亞（NOKIA）科技公司的商業口號，強調諾基亞提供的手機爲人類增添溝通的親密。網際網路也是一個越來越接近人性的科技產品；由於工作的關係，常需要與人聯繫溝通，對於習慣讀、寫文字的我來說，伊妹兒非常能滿足我，尤其是每當心情想躲起來時，伊妹兒就成了我最佳的伴侶。一定有很多人有相同的情況，常在電子信箱中收到來自朋友從網路抓下的精采文章，不管是笑話、勵志文章、心理測驗或好看的圖片，看到還不錯的，除了自己存起來之外，秉持好東西要跟好朋友分享的原則，還會順手按下轉寄的按鍵，寄給眾家兄弟姊妹。這些話題，不論是幽默的、激勵的或是反向思考的內容，都有自娛、自勵的功能。

對於原始信件內容我固然喜歡，我更喜歡閱讀這些寄信者的附加文字，從信件被轉遞的次數和文字，可以嗅到寄件人對內容的看法，還有大家對於這些內容的批評與贊同。特別是內容中有一種類型是關於一些人對某種生活型態上的理由，讓我們除了再一次看到「只要我喜歡有何不可以」的主張重現外，更看到快樂行動主義的魅力。

　　「人生只能活一次，當然要活得天天開心，快樂和憂愁只在轉念之間」是原先在企劃三色菫系列時首先閃過的念頭，企圖提供讀者在生活活動中享受自我的理由。或許，我該爲三色菫系列的出版羅列出更多的理由，以表達企劃的動機。

　　「讓讀者以幽默開啓生命智慧，用樂觀改變生活態度，建立豐富的行爲意義。」這理由應該是夠強烈了吧！還有更多的理由，像是：

- 爲讀者建立自我經營的觀念，只要有心肯經營，生活中的點點滴滴都會是一場場藝術的饗宴。
- 儘管生活過程多少不平坦，但只要給自己一點點理由，便可讓生活更爲有勁。
- 從小而平凡的理由領悟生命哲理與力量。
- 帶領讀者領略生活之美，啜飲自信樂觀的人生滋味。
- 在行動中學習成長並成就圓融，發現生活的豐富與精采。
- 改變自己的心態，改變行動，改變環境。
- 挖掘生活裡的樂趣，以熱愛行動、享受生活的態度爲出發點。

　　說了一大堆的理由，其實是希望透過多人對生活情境的主張，爲自己在每一個當下找到人生通達的階梯！

　　人生只有一回，要讓生命不間斷地舞出燦爛火花，就要

不間斷地行動，隨時給自己一個行動的「好理由」，也學習接納別人的生活方式。這種生命的概念正好貼近葉子文化出版的想法—在生命中尋找活力，灌注成長的生命活泉。

　　本系列的出版攪動了許多人對生活的思考，離婚、結婚、戀愛、血拼、打瞌睡、發呆……，一些個人的行動一一被挖了出來。這些只是一個開端，我們希望有更多的朋友加入尋找「好理由」的行動，用您的生命紀錄，建構屬於自己行動世界，也帶領其他的讀者通往自在生活的任意門。

編輯部

筱燕

2003夏至

III

序

「結婚、結婚」沒結婚的人，死命想往裡頭鑽；結過婚的人，拼命的又想往外逃，結婚有那麼容易嗎？婚姻又到底有何魅力，讓天下癡情的男女為它所縈繞？想結婚但又為何鼓起了勇氣卻說不出個讓自己死心塌地的理由呢？結婚有這麼難嗎？看看婚紗店天天客滿的蓬勃景象，這樣的市場熱度顯現出嚮往結婚的新人還是不斷增加，結婚到底有何讓人抗拒不了的魅力呢？這個問題的答案，恐怕有待天下芸芸眾生們親身去體驗吧！

兩性話題總是讓人懷著高昂的興致，不論是未結婚的紅娘節目、探討兩性的親密關係，或是已結婚的夫妻相處之道，天下男女無不豎起耳朵，想一探其中奧秘，能對異性多一分了解，就等於多一分保障！不過，對於結婚當然也不需如此悲觀，結婚還是有讓人數不盡的好處，難怪有如此多的結婚理由可供參考囉！但任何理由都比不過一顆真誠的心來得有用，靜下來聆聽您內心深處所發出的聲音，您會聽見自己心中最深沉的吶喊，那才是最真誠的「結婚的理由」！

張嫚雯

合法試婚

結婚的理由

CONTENTS

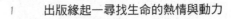

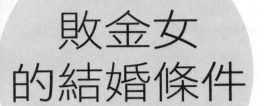

敗金女
的結婚條件

宣宣與青梅竹馬的男友志民交往至今也八、九年了，志民是個胸無大志，所謂的朝九晚五上班族，沒有太大的理想，也缺乏機會與動力。然而宣宣不同，由於理想與現實的雙重逼迫下，萌生出國唸書的念頭，畢竟更深一層的進修才是在這個競爭激烈的社會裡最好的籌碼。面對女友的計畫，志民雖有不捨也只能屈服於目前社會的現狀，再加上他也明白，對脾氣倔強的宣宣來說，任何反對的意見，也不會對她的決定有些微的影響，因此，志民只好默默順從，附應她的要求了。

宣宣獨自一人隻身來到了國外，人生地不熟一切得從頭開始，也時常會憶起與志民在一起時，她一聲令下，志民言聽計從，絲毫不敢怠慢她所有要求的時光。宣宣在台灣時，做任何事都靠志民的輔助來完成，因此可說是被志民寵過頭了；而現在卻得全靠自己打理生活瑣事及課業，剛開始雖然極度不適應，但堅毅又倔強的宣宣怎可能因此被擊倒。即使因一開始的語言隔閡，常常搞的牛頭不對馬嘴，但隨著日子一天一天過去，視野的擴大以及耳濡目染下，逐漸克服了適應的問題。或許是同儕間可怕的比較心理，也或許是愛慕虛榮之心作祟吧，宣宣對於物質享受的慾望日漸增強。就如同許多女孩是靠著穿著及使用名牌商品，來肯定自己與被他人

認同，漸漸的，盲目追求高檔品牌的宣宣，在大家眼中已被貼上了名副其實的「敗金女」標籤。

　　而宣宣也逐漸發現自己跟志民的價值觀有著天壤之別的差異，志民常常因為宣宣為了滿足物質慾望撒謊而生氣。只因為想買一個LV的當季包包，或是剛上市的GUCCI皮鞋，便不假思索的轉向父母求助，欺騙父母說學校需要額外的教學費用，藉此來滿足自己消費的慾望。志民將這一切盡看眼底，每每不能理解，也幾度與她在長途電話中爭執，然而宣宣畢竟是他自小到大心中最理想的結婚對象，也是未來老婆的唯一人選，念在多年感情上就一再對她忍氣吞聲。

　　等宣宣學成歸國後，整個人更是氣焰高昂，隨著頻繁的社交活動讓她認識的人更多了，她心裡雖明白最愛她的人是志民，但志民卻顯然並未能給她理想的生活。或許是一個從小住在鄉下的女孩，急於想展翅高飛的心理，想擺脫令人不堪回首的過往，也害怕一輩子被困在平凡的牢籠裡吧。因此兩人關係中出現了一道，一觸即碎、隱形的裂痕。此時，碰巧在一個公開場合，宣宣巧遇了一位經營大公司的年輕老闆，主動對宣宣示好，也表示心中的愛慕之意。宣宣心中的天秤已經動搖了，該不該對這段感情做出正確的抉擇呢？或許您猜到了，也可能猜錯了，最後，宣宣她選擇了後來居上的年輕老闆。

Reasons for wedding

　　宣宣自認為選擇這位年輕老闆，往後的生活會過得舒適、開懷，婚後的問題暫且擺一旁，至少他能讓宣宣衣食無憂，滿足女人當貴夫人的無窮慾望，但若選擇志民可能就會天天為了不同的價值觀吵翻天，而使愛情慢慢受損。如果是妳恐怕也會為此而舉棋不定吧！戀愛與結婚是兩條不同的道路，很多人認為戀愛是一回事，結婚又是另一回事。自由戀愛的結果當然也造就了許多結為眷屬的有情人，然而結婚畢竟是一輩子的事，妳有權利為自己做出最好的選擇，在愛情跟麵包的取捨上，的確很難讓人只選擇愛情，而沒有麵包的基礎；但是光有麵包基礎卻毫無愛情的內餡，恐怕也是難以下嚥的吧！

　　給妳一個小建議，選擇一個愛妳而妳可能只愛他八分的對象吧！但先決條件是他必須有充分的麵包夠妳揮霍，這樣的生活才不會過得很痛苦！古有云：「貧賤夫妻百事哀」。再大的愛情力量也會被家中瑣瑣碎碎的小事影響，兩個相愛的人若是要為了生活爭吵，那殺傷力可說是百分之九十幾喔！若再加上小孩的出世，絕對讓你們一個頭、兩個大，當然，男性朋友也別被這樣的言論嚇倒了，想結婚就必須養得起你的老婆吧！雖然說現在時代不同了，女性佔工作職場的比例也相當高，事先對

於婚姻生活的經濟狀況當然要預先評估，如果妳有充分的麵包就不必為此擔心害怕了！要不，妳就得睜亮眼睛，找一個符合妳需求的伴侶，加油囉！別太擔心婚後的一切問題，只要未來的另一半能全心全意對妳，並且包容妳的情緒及想法，許多問題是可以在溝通及包容中解決的！

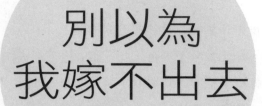

別以為
我嫁不出去

正芬望著鏡中的自己，仔細端倪了一下，深深覺得自己長的也不差呀！只不過皮膚黑了點、痘子多了點、眼睛小了點，為什麼就是沒有人追呢？天底下的男人真是不懂欣賞。回頭想想年紀也不小了，再等下去可能真的就嫁不出去了。每次假日待在家中，不是賴在床上，就是抱著電視看影碟，耳邊每每響起母親的奪命連環嘮叨聲，以及親弟弟無情兼嘲笑般的言語諷刺，這些聲音讓正芬頭都快炸掉了。難道一個女人沒結婚對象也是一種錯誤嗎？就不能一輩子當個寄生蟲舒服的賴在家裡嗎？

正芬一如往常地抱起她的影碟必備零嘴 ── 爆米花，在電視機前啃食，正芬媽收完曬在陽台的衣服，一進門又看見正芬像個沙發上的馬鈴薯（couch potato），坐著不動，簡直拿她沒辦法。破口大罵的招數也使過了，苦口婆心的規勸也用過了，一個女孩子家，怎麼這麼沒行情呢？正芬媽想想不對呀！今年正芬都29歲了，明年若不趕快找個金龜婿，還得了呀！這樣下去就像貨品賣不出門似的，滯銷在家一輩子得供她吃住的。於是正芬媽靈機一動 ── 不如試試相親吧！說不定透過專業的相親安排，真的可以替正芬找個如意郎君呢！於是正芬媽積極安排相關事宜，跟正芬提出私下尋找的相親安排，正芬乍聽之下，一時間未回過神，而後一反常態的，她

冷靜思考一下，按耐住性子告訴媽媽說：「好呀！不如就相親吧！」心裡盤算著：反正對我來說也沒有損失，而且沒相過親的我還真想體驗一下箇中滋味。

　　於是隔週的假日，正芬媽果然積極安排了一場別開生面的相親大會，為了這一天，正芬徹底的改頭換面一番！雖然嘴上隨便答應母親的相親計畫，但其實正芬前一晚就上好髮捲，敷了美白面膜希望自己看起來會白一點。此外，還特地買了一套全新的粉嫩洋裝，決定讓對方看傻眼。正芬媽也懷著丈母娘看女婿的心態，好好替女兒瞧一瞧，物色個合適的人選。這一天雙方人馬來到指定的日式料理餐廳，坐定後男女雙方寒暄一番，尷尬的場面即將開演。男方是從事電腦工程設計的職業，要說學歷有學歷、要說高薪也有高薪，但就是長相差了點、頭髮禿了點、身材胖了點，還有就是個性較封閉，從學生時代就畏懼與女性交談，當然跟女性交往的經驗就更遜了，因此到了這般年紀還沒個對象。看看時間，雙方該聊的也聊得差不多，但大部分時間都是雙方家長嘰喳地交談，兩個年輕人聊上的沒幾句。正芬心想：「眼前這個工程師雖說外表沒金城武帥，倒也有如陳雷般的老實勁，不妨當個備胎交往看看。」而這個老實的工程師則在心裡盤算：「這女孩雖然達不到國色天香，但個性看來還蠻柔順的，或許值得交往。」沒想到就這樣展開了雙方的交往。

　　漸漸地透過交往過程，正芬與工程師彼此以誠相待，雖說對方並非十全十美，但談起天來還頗為契合，於是彼此開始有了結婚的打算。正芬因為有了戀情的滋潤，生活習慣也有了一百八十度的轉變，假日不再與電視為伍、也開始注意自己的外在裝扮，生活多了許多的轉折點，變得有趣多了。此時，工程師也向正芬提出結婚的要求，正芬也認真考慮他的請求，並且為了證明自己也嫁的出去，以及在對方與自己興趣和個性都吻合的情況下，也就一口答應了。

Reasons for wedding

　　雖說男女是平等的，但在適婚年齡的限制上就呈現不平等的現象。現代男女普遍屬於晚婚一族，除了女性經濟基礎的獨立外，當然跟整個社會結構的轉變、經濟結構的變遷有關。而高學歷、高職位的社會身分，也促使許多人尋找匹配對象的難度升高。另外一個因素就是可怕的「離婚率」，曾有報導指出平均每天就有86對夫妻離婚，導致許多適婚男女遲遲不願碰觸結婚的話題。但不公平的在於，男人就像是酒，愈陳愈香。年紀愈大的男性不但魅力加倍，經濟基礎也更顯穩固，回過頭來尋覓年輕貌美的女子，對大部分的男人來說是易如反掌。而女人卻抵不過年齡的摧殘，一但過了適婚年齡，家人、輿論的壓力

就足以將您淹沒。愛美的女性還得每天為了抗老、減肥等困擾花上大筆鈔票。大部分想結婚的女人誰會願意等到人老珠黃還沒個對象結婚呢？但世事就是如此難料，偏偏就覓不到良人。

我們也可以發現到現代社會，男女結合的模式也漸漸改變，姐弟戀或是娶母大姐的情形屢見不鮮。人家說：「娶母大姐，坐金交椅」，主要是個性上能互相融合、生活上互相扶持，只要能碰撞出更好的火花，讓這樣的結合有好的結局，誰會帶著異樣的眼光來看待呢？該是突破年齡迷思的時候了，給予每對新人更大的祝福才對。如果你身旁有個還不錯的他或她，需要找個理由結婚的話，不妨就拿「證明自己還嫁的出去」當理由吧！結婚的確需要一點衝動，當幸福降臨時開啟你的窗扉迎接它吧！別預想太多負面的因素，以免阻礙了你的幸福之路。

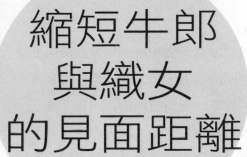

縮短牛郎
與織女
的見面距離

筬文與正宏是一對相戀一年多的情侶，還處於熱戀期的兩人，每天總是會在固定時間通電話，分享一天所有的遭遇，甚至連路邊小狗的表情也都成了兩人談天的內容。說起戀愛中男女所作的事，看在一般人眼中的確顯得可笑，但感情卻也漸次培養及昇華。當然筬文與正宏也像一般情侶，每天等待與對方聯絡的時機，迫切想要知道對方今天好不好？做了哪些事？希望天天能見到對方，若是一早起來可以跟對方說聲早安，再一起享受豐盛的早餐，該是多麼幸福的事呀！

由於結婚必須先經過複雜的手續，因此很多現代情侶都公開嘗試所謂的「同居生活」，不過要踏入同居的生活方式前，還需要多重考慮才是。目前兩人都有固定的工作，而且在筬文與父母同住的情況下，同居對他們來說並不可行。所以假日就等於兩人的約會日，平時也會盡量抽空見面。而困擾正宏的其實正是每次要送筬文回家的時間安排，一方面為了增加相處的時間，正宏下班後都會邀約筬文共度晚餐，如此也可避開交通的尖峰時刻，偷取些微時間相處。然而另一方面，筬文家住基隆，而正宏家住台北，距離雖不遠但每每到了該分離的時刻，總讓兩人依依不捨。不論是正宏偶爾開車送筬文回家，或是筬文獨自搭車回家，總得耗費一至二小

時往返，不但浪費時間而且顧慮到晚歸安全的問題，正宏便常常親自開車接送。白天辛勤工作的疲憊，常常令正宏懷著滿臉睡意開車回家，一路上瞌睡蟲不停的在眼前閃爍，幾度差點因此撞上路邊的電線桿，真讓人替他捏把冷汗。筱文其實也相當不放心這樣的狀況，常常拒絕正宏的好意。

然而愛情的魔力以及戀人的傻勁總是讓人拒絕不了。長距離戀情的情侶們比比皆是，若是雙方對感情有共識，不管距離多遠，心的距離卻永遠是最近的。終於，在交往三年後的某日午後，正宏當著筱文的面，鼓起極大的勇氣，向心愛的筱文提出結婚的請求，希望彼此距離變成零，不僅縮短彼此的距離可以省下一筆不小的交通費用，當然也避免了交通意外的發生。

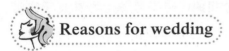

Reasons for wedding

常常在公車站、捷運站或大眾交通系統裡，發現一對對的情侶深情相擁，甜滋滋的模樣勾起許多人初戀的回憶，其實都是愛情在搞鬼。談戀愛時有一種東西最叫人迷戀，就是「別離」。明明知道明天就會再見面，但就是無法忍受對方消失眼前的莫名失落感。短距離的戀情還能天天見面，但若是遠距離的戀情就更叫人倍受煎熬了，不但戀情可能變質，也存在著更多

的變數。

　　約會過後，總是得回到各自的住所，尤其是跟父母同住的狀況下，晚歸的小孩總得編織許多無關緊要的理由，來應付父母的關心。而別離常叫戀人無法承受思念的折磨，即使天天都見了面，不時還得電話追蹤。戀愛初期更是顯得難分難捨，我送你回去、你送我回來，一整晚就送來送去的，沒完沒了，其實也相當耗費精力與時間。但也因此讓愛情版圖中更增添了許多綺麗的色彩。另一方面來說，「別離」其實是造成距離美感的最好方式，適當的距離美感可以讓雙方永遠保有一份神秘的面紗，也讓對方有更廣的想像空間，任何事攤在太陽底下就不新鮮了。因此即使是結婚之後，也有許多夫婦會保有屬於彼此自我的獨立空間，不僅維護到自我隱私權，同時也不會因此耽誤許多正規該做的事。

　　其實，「省去接送舟車勞頓的時間」，對於已經認定了彼此的男女雙方而言，這是一個不錯的結婚理由，只要一結婚，住在一起變成了理所當然，不但可以一起出門，若是下班時間允許，還可以一起回到甜蜜共同的窩。不但省了接送時來往的寶貴時間，也不必再為了分離而感到難過、不捨。而隨著時代的開放，或許會有許多未婚男女選擇「同居」的方式，來解決這個問題。

　　有人覺得同居就經濟效益來說很有利，可以省卻許多基本

開銷，其實額外無形的開銷也不少。比方說兩人同住就會消費更多的裝飾品，比方說，看到喜愛的小茶壺或精緻的刀叉組呀！若是一個人住不見得會花錢採購，但兩人同住時就有可能會消費購買許多能代表兩人同住的用品。對於兩人共同愛的小窩，怎樣佈置每一個細節都成了共同的樂趣，其實這時也可以學習如何與對方討論不同的看法。有時為了共同營造逢年過節的浪漫，更是會多出了額外的浪漫消費。若視「同居」為結婚的先修班，並無不可，只不過彼此沒約束力，更別談什麼精神或物質賠償了。所以說「同居」僅是兩人交往的一種模式，不高興就一拍兩散，但結婚可沒那麼容易囉！

何以就是有人甘願做婚姻的被約束者？因為被甜蜜滋味約束不也是人生的一大幸福嗎？再說，時間就是金錢呀！結了婚就可以省去接送的時間，不必再浪費時間在交通的往返，也不必忍受天寒地凍的氣候折磨，更可以在假日時多出一點睡眠時間，對男人或女人來說絕對符合經濟效益及投資報酬的考量，比起把錢存在戶頭裡還生更多利息呢！

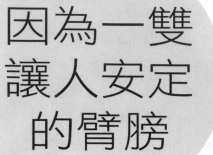

因為一雙
讓人安定
的臂膀

阿偉是個外貌英挺，身材魁梧的大帥哥，說他是大帥哥一點也不為過，大概從國中開始就慢慢開始接觸男女之情，雖然大多數皆屬純純之愛，但對阿偉來說每一任都全心付出，不曾出現腳踏數條船的狀況。喜愛與大眾接觸的他，選擇了空中少爺為職業。不但薪資比一般上班族多，穿梭世界各地的工作特質，也令人稱羨。許多稍稍有錢的貴婦，一搭上他服務的飛機，就會自動送上名錶、鑽戒、跑車之類的，還頻頻跟他索取聯絡電話，靠著他「貴婦殺手」的超級笑容，可想而知有多少女性顧客拜倒在他雄性的魅力下，尤其是他甜甜的笑窩，只要一發功就會當場電暈許多人，難怪許多空姐也爭相與他排同一班。即使他已經死會的傳聞滿天飛，大家還是奮不顧身的想一目睹風采，能夠與他一同服務也算不枉此生囉！

　　阿偉的魅力不僅在於外表出眾，優雅的談吐和舉止更是得體，對於女性的服務又是極為體貼，難怪許多空姐們都私底下對他有諸多嘉許。這樣出色的男人就像大明星似的，他的私生活也成了大家茶餘飯後談論的話題。大家最在乎的莫過於他的另一半。能夠讓這樣的萬人迷一見傾心，又能為她守身如玉、癡心相守的，的確不容易！這個問題，吊足了大家的胃口，因為他的神祕女友可從來不曾露面，一度還有空

姐謠傳說：「其實呀！女友只是他的擋箭牌啦，他是個貨真價實的同性戀同志呢！」唉！難道人長的帥也是一種錯誤嗎？阿偉當然也會間接聽到這些謠傳，他卻一點也不在意，但他最希望的還是保護自己心愛的女人，絕不能讓她承受這些不公平的批評。據與他交往甚密的另一空少小奇形容：「妳們這些女人死心吧！他這位女友如花似玉的，兩人簡直是天作之合，她自然獨具魅力囉！聽說兩人是青梅竹馬，從小一起長大的鄰居，大概就是這份難得的情誼，讓兩人一直維持美好的戀情溫度。」

　　人帥不免與花心扯上關係，雖然阿偉不曾主動追求其他女性，但倒貼他的女性卻不少，阿偉對於許多飛來的艷福都是加以拒絕，怎麼可能讓另一伴晴文誤會呢？更何況他只要一休假就與晴文窩在一起，決不參加無謂的聚會，這點讓晴文放心不少。而晴文呢？是個玲瓏有緻、面貌清秀的女孩，從事秘書工作，生活單純，細心特質使得晴文在工作上頗受上司的賞識。平時喜愛小動物的她，也養了一隻灰白色雪納瑞，這是阿偉為了怕晴文寂寞特地為女友所準備的。十幾年的感情熱度雖降低，但卻更像親人般的熱絡，兩家人也因熟絡而更加親密。

　　其實兩人還是鄰居時總是打打鬧鬧的，時光飛逝，晴文長大後也時常聽聞家人訴說阿偉的情況。就在一個颱風夜，

因為社區停電，晴文媽要晴文上阿偉家借點蠟燭，晴文摸黑
來到阿偉家，只見阿偉來應門，原來他家人剛巧到台東旅
遊，留下阿偉一人。於是阿偉拿了備用蠟燭及手電筒給晴
文，怕晴文在黑暗中有危險，阿偉還貼心的送晴文回家，在
黑暗中阿偉攙著晴文，由於風雨不大，晴文得到母親的允
許，便與阿偉來到中庭聊天。這一天天空及四周雖然一片漆
黑，但愛情的燭光卻悄悄在兩人間燃起，兩人似乎有聊不完
的話題，因為年齡相近也就有更多共同的興趣。此後，阿偉
更常邀約晴文出遊，漸漸地兩人發展出轟轟烈烈的感情。晴
文婉約的性情、善解人意及細心的特質，讓阿偉欣賞至極，
阿偉也在心中默許了這一段難得的戀情，阿偉對晴文家人也
備加照顧，時常幫忙晴文母親做些粗活，由於晴文父親早
逝，家中又無男丁，因此對晴文家來說，阿偉的確是個有力
的臂膀，即使阿偉當了空中少爺，時常不在家。但只要他一
回來，都會主動到晴文家噓寒問暖的，一有需要絕對挽袖躬
身下去幫忙，晴文母親及其他姊妹都相當欣賞阿偉，也期待
阿偉能成為家裡的一員。

　　這一天阿偉休假，稍微休息後，阿偉便梳洗打扮來到晴
文家吃晚飯，因為當天是晴文母親的生日，家裡幾個姊妹都
開開心心的，為母親準備大蛋糕及其他佳餚。晴文讓母親鬆
鬆手休息一下，親手下廚燒幾樣拿手菜，連阿偉都不曾品嚐

過，實在是平時工作忙碌，回家後母親老早就做好晚飯等著女兒回來，所以這一天大家都對晴文的料理拭目以待，果然晴文也不辜負大家的期待，吃完晚餐大家都稱讚晴文的廚藝又更進步了！阿偉也當著晴文家人的面，表示自己將來是個幸福的男人，一定可以常常吃到好吃的菜餚。同時，阿偉也趁著晴文家人聚會的時刻，告知一項重大的消息。晴文媽也十分好奇地詢問，阿偉小心翼翼地說：「其實今天想趁大家都在，也希望在大家的見證下，完成我對晴文的求婚。」這時阿偉拿出預備的訂婚戒指說：「晴文，我想定下來了，妳願意接受我的求婚嗎？」晴文的其他姊妹及母親都舉雙手贊成，而晴文呢？能被一個愛自己如此深切的人，給予此生最重要的承諾，夫復何求？

Reasons for wedding

　　不論是男人或女人都需要基本的安全感，生活的安全感、工作的安全感、家庭的安全感。感情何嘗不是呢？一但交往的對象稍具姿色，自己又保有多少的安全感？是對自己沒自信嗎？那倒也未必。而是對方交友的態度及給予另一半忠誠度的問題，很多人覺得交一個俊男或美女是給自己添麻煩，因為對方背叛自己的機會頗高，當然這麼說或許被歸類為俊美一族的

男女會有微詞，但這是普遍大眾的心聲呀！男人與女人到了某一個年齡時，都希望能過過安定的生活，有自己的家庭，能夠自己獨立成家，脫離被父母過度保護的愛巢，這也是人生必經的過程，畢竟傳統家庭及親友無法理解晚婚甚至不婚的理由，總是會投注過多的關懷及注意力，無形中令適婚男女產生了恐婚的壓力。而一雙讓人安定的肩膀，可以是軟弱無助的靠山，也可以是溫暖貼心的避風港。既然對方能給你一雙可靠的肩膀，又何必畏懼婚姻呢？基本生活需求無虞，精神生活又能有所寄託、彼此依靠，這樣的婚姻基礎綽綽有餘，結婚，why not?

跟困境與
過去say
bye bye！

5 跟困境與過去say bye bye!

曼蒂是一個來自花蓮山區的女孩，擁有阿美族原住民的血統，從小家境清寒，父親又愛喝酒，總是沒有固定薪水支付家裡開銷，只好依賴母親跟人家打點零工賺錢。曼蒂依稀還記得，小時候家裡除了地瓜稀飯，能吃到白米飯是過年的特別日子才有。每天，家裡的兄弟姊妹，只能在山林間跑步、玩耍，連上學都得看家裡經濟狀況而定，若湊不出學費，母親又得四處向親戚朋友借錢，每每看見母親在人前抬不起頭，心裡就有一股莫名的酸楚，而父親一天到晚守著酒瓶，若是發起脾氣來，家人就得遭殃。

在學校，小孩子間總是會互相比較，有什麼新鮮玩具，或是今天又換新書包了，而中午吃飯時間，曼蒂更是不知該繼續留在教室，還是乾脆找個地方躲起來，看著同學們開心的吃著母親特製的豐盛便當，曼蒂心裡難過極了。有時沒便當可帶，有時則是根本只有一個酸梅配稀飯吃。在曼蒂心裡，從小就希望能早日脫離這樣的難堪，那種難堪及憤怒，漸漸在她心中竄燒。

等她該上高中的時候，她要求母親讓她到台北唸書，曼蒂的成績不錯，也順利的考上了台北的學校，母親實在沒理由不讓她去，於是利用貸款方式，讓曼蒂上了台北。來到了台北這五光十色的城市，曼蒂覺得人生豁然開朗，雖然考上

的不是最好的學校，但也算中等的高中，憑著曼蒂優異的成績，也陸續拿了幾次的獎學金，生活費暫時得以解除警訊。爾後，曼蒂考上了一所私立大學，開始了她能夠獨立賺錢的時機，半工半讀完全依賴自己的能力唸完大學。而大學期間曼蒂開始在一家貿易公司當工讀生，由於天資聰穎，曼蒂學東西快，做事又迅速，老闆及其他職員都很喜歡她。大學畢業前夕，老闆有意讓曼蒂留在公司成為正式職員，不過曼蒂婉謝了老闆的好意，她希望能出去外面闖一闖，多增加一些社會經驗，以及專業技術。

家中的其他兄弟姊妹，也各有發展，不過大多從事些勞工階層的工作，書沒唸多少，也只能靠雙手賺錢。母親後來與父親離了婚，不必再擔心受怕何時又得遭殃，而父親則離家毫無音訊。曼蒂偶爾在放長假或過年時，會回到山上的老家，不過，在曼蒂內心深處，其實很不願意回去，她不願意觸景傷情再回想過去難堪的種種，唯一的目標就是讓自己拋開過去，從家庭暴力與貧困的窘境中站起來。由於曼蒂大學修的是國際貿易，因此很自然地便朝向貿易領域發展，對貿易進出口的程序瞭如指掌，以往的學習經驗成了最有利的基礎，沒有多久的時光，她就晉升為小主管了，相對的薪水比以往高，曼蒂將一部分匯給母親，聊表做子女的孝意，自己的生活極為儉約。就在此時，曼蒂也結識了未來的另一半艾

瑞克。

艾瑞克是在國外出生的美籍華裔，由於父母對於中國教育的傳承相當重視，所以艾瑞克與一般所謂的ABC不同，也多了一分中國味。艾瑞克擔任國外客戶的經理時，與曼蒂公司合作，每次公司均派曼蒂出面接待，經過幾次的會面，艾瑞克被曼蒂姣好的外表，以及善良體貼的態度所吸引，每到台灣洽公，必定邀約曼蒂充當嚮導，一同用餐或出遊，平時兩人也透過網路互相傳情。日子久了，感情溫度劇增，艾瑞克考慮這兩地相思，長久下來也不是辦法，沒多久便向曼蒂表達結婚的意願。曼蒂被這突如其來的要求震嚇，一方面雖然認為艾瑞克是個好對象，但一方面也考慮了雙方的背景與文化差異，但艾瑞克認為這都不是問題，兩人相愛彼此坦白也就促成了這對佳偶。經過不算長的交往過程，兩人毅然決然踏入婚姻。

Reasons for wedding

對曼蒂來說，結婚靠緣分，也非強求而來，但她的確殷切的盼望一段美滿婚姻。而且，結婚等於讓自己解脫困境，解脫於金錢的困境、解脫於精神的困境，雖說靠自己工作賺錢，不至於餓死，對一個出身困頓家庭的小孩來說，極度貧窮過後所

帶來的恐懼，會讓人變成渴望幸福。能夠嫁給一個經濟無憂、疼愛自己的對象，是求都求不到的婚姻。

　　解脫困境有很多不同狀況的解脫法，有些人與家人的關係不好、經濟有困難、或是人際關係不好等，嚴重的程度好壞不一，藉由婚姻脫離苦海也不失為一種方式。女孩子結了婚等於潑出去的水，若是覓得良人，後半輩子不用愁了。這個理由勉強可為一個不錯的結婚理由，但誰知道結了婚是不是有更大的困境在等著自己呢？不過若能事先了解對方家庭的種種習性，以及家庭狀況，做為最後抉擇的考量，畢竟婚姻為終身大事，對男女雙方而言都是一個審慎的決定。

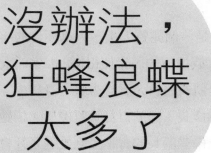

沒辦法，
狂蜂浪蝶
太多了

　　Nicole是一個麗質天生、人緣極佳的年輕女孩，家族遺傳的因素使得Nicole家的女孩個個都是肌膚白皙、五官秀麗、身材中等比例卻極為修長。由於自身資質優異，讓她在求學路上備受師長的青睞。到她進了社會開始了第一份工作，由於工作勤奮加上學歷背景不錯，很快就受長官重用，漸漸在職場上嶄露頭角。在交友方面，自大學時期，Nicole的男友也從沒間斷過，每一段戀情都維持至少一年以上，認真、誠懇也是她交往的一貫原則，絕不腳踏數艘船免得自己淹死。進入職場後，人緣佳的後果卻是煩惱一堆，同時被八個男孩追求，每天愛慕者都採用鮮花攻勢，今天是進口配種香水玫瑰、明天又是當季的鮮嫩海芋，還當真天天更換不同口味，而每當送花小弟將花送來辦公室時，左右同事投射異樣的眼光，讓Nicole簡直想挖個地洞躲起來。要不就在特殊節日以各種藉口及招數，展開凌厲的邀約行動，Nicole總是不加以理會，因為她已有了理想對象並且論及婚嫁了。

　　看在許多女孩眼裡的確相當不可思議，天底下竟有如此大眾情人，魅力強大到能讓一群男人無力的癱倒在她石榴裙下。不過Nicole對這一切都不在意，即使天天得無奈面對無聊的追求，接受異性多餘的關注，她依然不為所動，只因內心

深處已全爲她的意中人所佔據。她的如意郎君Eric在一家金融機構工作，雖然事業剛起步，不過以不到三十歲的年紀能爬到主任的職位，也值得給他鼓鼓掌了。他與Nicole是大學時期的情侶，同系的學長學妹，能維持如此長久的戀情，在於他們有著共同的理想、目標與興趣。很自然的彼此面對任何困難時能互相打氣、扶持。

求學時期Nicole的追求者更是不計其數，還好這時Eric適時表達了對Nicole的好感，由於他們來自同一個家鄉，讓Nicole倍覺親切。Nicole是個體貼的女孩，面對Eric的所有決定她都全力支持。即使在Eric出國進修期間，她全心全意於工作的歷練，而Eric也在每年的假期中回國陪Nicole，或是讓Nicole到國外與他相聚。誰說長距離戀情就這麼不堪一擊呢？就這樣等到Eric學成歸國在金融公司服務，兩人的感情始終沒變。但每天面對不同愛慕者愛的告白，著實讓Nicole愈來愈吃不消了。

終於Eric在前晚共度晚餐時，送了她一只Tiffany經典六爪鑽戒，當時Nicole愣了一下，想想自己的生日未到，也不是什麼特別的紀念日呀！就是沒想到求婚這一層，Nicole不以爲意便沒仔細回答他的問話。之後才慢慢發現Eric眞的有結婚計畫了，眞是反應遲鈍。好友Joyce喜滋滋地規勸Nicole別再考慮了，不如就接受他的求婚，別讓天上掉下來的幸福飛走喔！

好好把握才是。又再加以曉以大義，全盤解析說道：「如此一來，一方面可以斷了那批愛慕者的追求念頭，另一方面也能讓Eric不擔心自己的處境。畢竟自己的女朋友每天有著無數的鮮花或電話困擾，讓Eric也不好面對。」

於是，當第二次Eric又詢問Nicole的結婚意願時，Nicole感動地留下眼淚，畢竟愛情長跑多年，而且與Eric感情穩定又歷經許多波折，讓她更堅信Eric就是她今生注定的新郎，面對如此有誠意的求婚，她就心滿意足地輕輕點點頭表示願意。這一來讓Eric興奮不已，多年來的感情基礎足夠兩人走上紅毯的另一端，彼此堅定的信念、一起面對問題的勇氣，都讓他們有了足夠的動力完成人生大事，而當婚期消息一發布後，果然讓這些平時煩人的追求，一個個知難而退，不再採取緊迫盯人的無聊攻勢，當然Nicole的困擾也自然迎刃而解。

Reasons for wedding

年輕未婚女孩面臨多方追求也是人之常情，但萬一有個死纏爛打型的對手追上你，喜歡就罷了，不喜歡的話，想擺脫對方死命的追求可得費一番功夫，男人的追求一定有所目的，所以若是不喜歡對方，可得快刀斬亂麻，別給對方一絲希望的想像，更別收受對方任何的禮物，否則將來可剪不斷理還亂了。

6 沒辦法，狂蜂浪蝶太多了

尤其是現代的年輕人對於感情開放的態度與我們六年級女生有著天壤之別，六年級的我們至少還跟傳統沾點邊，感情屬於保守派，但現代的新人類觀念可不同了，他們可能二個月就換一個對象，或許對他們來說談感情嫌太早，多些人生歷練倒有可能。人生的際遇就是如此不同，有些女孩長相平凡卻懂得如何裝扮，平時喜愛與人交遊，認識的異性也不少但就是沒個來電的，相反地，稍具姿色的女子，即使不加修飾，身旁仍然擠滿一堆蒼蠅、狼豹類跟屁蟲，當桃花浪潮來襲時擋都擋不住，而想招惹桃花的，即使在家種滿桃樹也不見得有效。有沒有異性緣很重要嗎？適當的異性緣我想對自己的人際關係有幫助，也不需因此煩惱或自怨自艾，建立自我的自信、學習獨立自主、創造自我的人生價值，外在的風雨就不必太在意，若是你或妳身旁正有這些不速之客時，為了避免許多不必要的誤會或爭執，而身旁正有個理想的結婚對象時，告別單身時代投入婚姻的懷抱，亦不失為一個好的結婚理由喔！

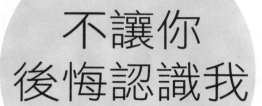

不讓你
後悔認識我

「慧容妳嫁給我吧！」這樣講會不會太沒創意了，不管了，求婚這檔事還真讓人心驚肉顫的，明明面對的是自己熟悉又喜愛的人，但當說出這句話時，卻讓人手足無措，突然間陌生起來。想著想著這位搞創意的廣告人昌哥，不由得擔心起來，也不知慧容會給自己什麼答案，萬一不成，豈不場面尷尬，也讓自己這幾年的心血白費了，畢竟與慧容交往這幾年花費不少呀！男人真命苦！交女朋友沒點銀子還真成不了氣候，出門都得花錢，更何況帶著心愛的馬子逛街、看電影、吃大餐的，哪一點不用花錢呢？

雖然說愛情是靠真誠與信任而來，但不靠些外在手段，哪一個女人會痴心相隨呢？而且這年頭，女人可是一個比一個精明，一個比一個現實呀！不找張長期飯票，哪會輕易點頭答應結婚。這一次的任務對昌哥來說，簡直是不可能的任務，只許成功不許失敗。昌哥一面心裡盤算著，一面口裡念念有詞的，坐在對面的同事小陳，從一進辦公室就盯著昌哥不放，看他想事想得出神，還以為有什麼大案子讓昌哥失魂落魄，這時小陳大叫一聲讓昌哥嚇到跌下座位，昌哥劈頭就罵說：「你這個澎肚短命的，你要把我嚇死嗎？幹麼那麼大聲，我又不是聾子，叫一聲就聽到了嘛！」小陳得逞的說：「我要不用這種方式叫你，你醒的過來嗎？你怎樣……被鬼附

身啦！」昌哥心虛地說：「沒有啦！我只是在想事情，想得有點忘我了。」小陳開始追根究柢的問說：「發生什麼事啦！是今天有誰要被炒魷魚呢？還是某某人被抓姦在床呀！」昌哥說：「嘿！嘿！你以為我想告訴你呀！我的事情你不會有興趣的啦！還是別叨擾您陳大哥囉！」小陳越得不到答案當然就越好奇啦！於是開始壓低姿態的問：「好啦！同事一場有事快說吧！說不定我能幫上忙。畢竟我們還曾經是同學，這等關係你休想把我置之度外。想當年！系上有我們這搞笑二人組，不知帶給同學多少歡笑、悲傷、痛苦跟折磨呀！娛樂大眾可說是我們畢生的職務，這會兒同伴有難，身為同窗好友的當然得效犬馬之力、兩肋插刀在所不惜呀！昌哥，您就告訴我吧！別讓我再猜下去了。」昌哥搔搔自己的頭說：「我還是別說的好，有你在身邊保證一事無成。謝謝你的關心啦！」小陳發覺事有蹊蹺決定追問到底：「好！既然這麼保密，人家也不好意思再強你所難啦！不過呢！我倒是個可以隨時提供你意見的好同事喔！」昌哥一時也想不出好的求婚告白，只是不停的搔頭苦思，讓一旁的同事投以好奇的眼神。

但是沒過幾天，昌哥竟然拿出好幾張大紅喜帖分發給同事們，大夥都被這張紅色炸彈嚇了一跳，大家萬萬沒想到昌哥竟然要結婚耶！而且是這麼突如其來。小陳一進公司，發

現周遭的氣氛不對，馬上快步走向自己的座位，不知今天同事們怎麼個個臉上喜氣洋洋的，該不會是有誰要升遷了吧！等他走向自己的座位，發現桌上一封紅色的喜帖，才豁然開朗，趕緊看看這回的男女主角是誰。此時，昌哥回到座位上了，小陳趕緊問了昌哥說：「昌哥呀！又是誰要炸我們了，真是的，我是標準的月光族呀！這會兒又得借錢繳紅包啦！」昌哥笑著說：「是我啦！趕快去籌錢吧！包大包的可以近距離目睹新娘風采喔！包太少的就拿外帶包回家吃吧！」小陳露出一副不可思議的模樣說：「不會吧！待我瞧來！喔！喔！原來是隔壁班的慧容呀！你什麼時候跟她在一起呀！怎麼連我這好友都不知道呢？哇！你真是恬恬吃三碗公！你到底跟她說了什麼動人求婚告白，能讓她心甘情願的下嫁給你呢？」昌哥說：「拜託！這種事還需要用力嗎？當然是兩情相悅呀！早在唸書時我就佈局好了，慧容跟我在那時就私下交往了，只是系上的人都不知道罷了，不過真正成為男女朋友還是進入社會工作之後的事，出了社會能夠再見面、進而交往都不是預期中的，也有點因緣巧合啦！為了不讓她後悔認識我呀！所以決定終身相守囉！怎麼樣，羨慕吧！記得喔，趕快籌錢來參加我的婚禮吧！」

 **Reasons for wedding**

　　男女交往大半是緣分的結合，有認識的機會、深入交往的機會、結為夫妻的機會等等，這些機會要能夠順利串連，並且通過層層考驗相當不易，若是兩情相悅就更應該把握住機會，給感情一個好的歸宿。男人在這方面通常是主動的角色，憑藉天賜良機認識喜歡的女孩，就得好好把握機會去認識人家，下工夫讓對方有好印象，能不能成功得看緣分，也得讓女孩有選擇權。

　　若是兩相情悅、情投意合，是不管如何大的阻礙也拆散不了的。既然相愛也有意思步入禮堂共度下半生，就應該好好掌握機會，讓對方成為你的最佳伴侶！

　　交往時間因人而異，不見得交往久才能了解一個人，許多因為交往時間過久，反而因了解而分手，當愛情不在時，雙方的感情必須昇華並且以不同模式相處，所以要把握機會讓彼此的結合成為一段佳話。

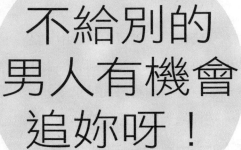

不給別的
男人有機會
追妳呀！

雅惠在大學時代一次工讀的機會中，認識了新加坡來的僑生喬丹，並逐漸發展出戀情。這段戀情一直持續到雅惠大學畢業，兩人感情穩定，然而隨著喬丹移民加拿大，彼此距離拉遠，靠著國際電話熱線維持一段時間。但遠距離的戀情不但花錢又傷神，戀情熱度也隨之淡化，畢竟遠水救不了近火，每當雅惠生活中遭受挫折，或是內心鬱悶想找人訴苦，也得算準喬丹當地的時間，才可透過電話傳達心意。時間一久，說再多的煩惱或心事似乎都只是隔靴搔癢，雖然彼此也因此想談論婚嫁，但由於雙方身處兩地，彼此文化不同，且喬丹也還沒有經濟基礎，讓雅惠缺乏安全感。而雅惠父母也認為距離太遠，讓雅惠獨自一人遠嫁國外，萬一被人欺負了，連個哭訴的對象都沒有，實在不放心，也就讓這段戀情不了了之。

雅惠隨後因工作關係，認識了興趣相投的陳桑，兩人都喜愛運動，漸漸也從朋友變成戀人，時常相約一起騎車環島旅行。尤其沿著台灣四周的沿海風景，騎著自行車，吹著自然的涼風，照著和煦的陽光，讓肌膚呈現古銅的健康小麥色，是兩人最驕傲的戰利品。除了全身運動還能順便旅行，遊覽全台灣不同地方的風俗民情，這樣的活動是兩人的最愛，而且還計畫未來要到世界各地旅行呢！陳桑年紀稍長，

家庭背景單純，是個有理想有抱負的青年，身材微胖卻安全感十足，雖沒有俊秀的外表，卻擁有幽默風趣的個性，讓雅惠天天都擁有開心的心情，陳桑對雅惠體貼照顧，讓同事們都投以羨慕的眼光。

雅惠是個聰明伶俐的女孩，工作上也相當敬業，與同事相處融洽，因此頗得上司及同事的賞識，而男同事們工作之餘，也會開開雅惠的玩笑，有意無意吃點雅惠的豆腐，雅惠並未理睬只是讓他們知道自己名花有主了，即使對方條件不錯，卻也僅止於點頭之交，全心全意對待陳桑。不久，雅惠被調升到業務部門，由於工作關係，時常必須與不同客戶交涉，從事業務工作每天得接觸形形色色的人，客戶也以男性居多，因此偶爾也會有客戶忙著探問雅惠的婚姻狀況，甚至主動追求者也不在少數。客戶邀約飯局，雅惠則是能拒絕就盡量不出席，但有時拒絕不了也會請老闆作陪，決不單獨參加以免造成誤會。

陳桑是個明白事理的人，甚至他希望結婚前給雅惠足夠的空間，他對雅惠說：「結婚前妳有足夠的空間及權力認識更多的人，我若栓住妳不讓妳接觸其他男性，妳不就無從比較，就更不知道我的好。其實這樣可間接讓妳更認識我呀！妳才知道我是多麼大方的男人。」雅惠嘟著嘴說：「哇！你這麼大方呀！我跟別的男人出去吃飯，你一點也不擔心嗎？」

陳桑說：「我也會擔心呀，但為了表示尊重妳！盡量符合上司需要配合公司，這也是做為員工基本的義務，我當然也希望妳每天陪在我身邊，但若是工作需要就去做啊！一切以工作為重，我還希望妳能創造事業的更高峰，不過，若是在這之前妳能答應嫁給我，也省得給其他男人機會追求妳。」雅惠也認為這是個不錯的想法，結了婚的女人應該就會少了許多不必要的煩惱，因為雅惠的心裡只容的下陳桑一人，那又何必讓別人存有遐想呢？既然有了理想的對象，也應該是結婚的時候了。

Reasons for wedding

　　女孩子結婚前都有權利再多認識其他對象，不需要自我設限，尤其現在思想開放，同時交往好幾個異性朋友的狀況屢見不鮮，開誠布公的想法大有人在，「只要我喜歡有什麼不可以呢？」事實上，多認識異性，別太早將自己的對象圈定在某人身上，不見得是壞事。就算妳不挑剔對方的條件，對方也會有所選擇，而交往時間也會證明雙方是否能夠長久交往，時間能證明雙方個性是否合適、融洽，而彼此的家人是否能夠相處融洽也很重要。戀愛時都希望是對方的唯一，偶爾也會因猜忌心而懷疑對方的交友狀況，說不希望給別人有機會追求自己的男/

女朋友，一方面聽來覺得窩心，好像對方很重視及在乎自己，但另一方面又讓人不免懷疑是否被剝奪了交友的權利。

　　每個人想法不同，有些人交友態度較單純，一次只針對一個對象，能夠全心全意、掏心掏肺的對待對方，這種認真、負責的態度，屬於直線式的交往方式，有些人則喜歡多線式的交往方式，搞的自己不知如何安排約會時間，露出馬腳也是遲早的事。另外，有些男人屬於忌妒心、猜疑心強，佔有慾也強，將自己女友當作物品一樣佔為已有，一但女友跟其他異性交往過密，便會懷疑其間是否有姦情。這種恐怖的男性，女性同胞們可得睜大眼睛，大多此類男性也容易出現暴力傾向，婚前的暴力還容易處理，大不了分手即是，以後你走陽關道、我過獨木橋。若是執意嫁給這種人，小心婚後成為家庭暴力下的受虐婦女，那時再跟家人哭訴或提出離婚都已造成無可抹滅的心理陰影了。

　　男人吃醋雖然可以代表他在乎妳，對妳的愛意使然，甚至可以增加雙方感情的濃度，但若是已成了變質的醋意，可得小心應付，若真無法溝通，不如早早分手，一點也不需遲疑。女人也是一樣，若你的女友時常懷疑你跟其他女孩有所曖昧，當你們無法誠實相對，也無法信任對方時，別踏上婚姻之路，不但會引發家庭戰爭，也祇是讓離婚數字往上攀升而已。

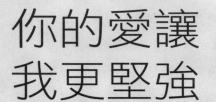

你的愛讓
我更堅強

　　兵役是每個男孩生命中的一個轉捩點，許多男孩雖然不想當兵，卻也說不出拒絕的理由。兵役可讓男性加強性格的成熟度，透過軍事教育的操練，養成服從的美德。當然，女性朋友們一定時常被這些當過兵的男朋友們騷擾耳根，似乎聚在一起當兵的話題就不曾斷過，可見當兵對他們來說的確是又愛又恨的義務。

　　這個故事也是起於兵役服務，到了法律規定的兵役年齡，主人翁阿成也在畢業後報效國家，當兵去啦！但就在服役期間，不幸因為意外，突然休克而跌落大樓，造成半身不遂的悲慘結果。對阿成來說，一切宛如一場夢魘。躺在冷清的病房裡，看著床邊的母親，疲累的倚靠躺椅而睡著，想伸手摸摸母親身上的外套時，突然發現，為何自己半邊的手腳就是不聽使喚呢？阿成不停在心中吶喊著，誰能給我解答？此時，阿成卻將眼淚藏起，因為他知道母親絕對比他更不好受。誰能料到一個健康、體格高碩的大男孩，如今卻落得這般下場。

　　漸漸地阿成從開始的排斥、適應、到接受身體的殘缺，阿成受到醫護人員不停的鼓勵，重拾自我的信心、認同自我。透過反覆的復健治療，即使得咬緊牙根，忍受因強力拉扯身體的痛苦，阿成還是堅忍持續下去，忍得一時的痛苦，

卻可能換來明日的健康。復健的時間總是漫長的,身體也必須一點一點開始接受刺激,將萎縮的肌肉恢復原有的功能,經過漫長的復健歲月,阿成果然可以不靠柺杖步行了。

　　這段期間,阿成除了白天做復健,其餘時間上網成了他唯一能做的興趣,靠著遲緩的左手挪動靈敏的滑鼠,讓阿成遨遊於多彩多姿的網路世界。然而阿成也希望能與他人溝通、結交朋友。孤單的日子讓他感到空虛,剩下單手的他又如何像正常人般,迅速挪動十指敲打鍵盤呢?阿成運用完好的左手,靠著一根食指也能與網友交談,甚至還交了女朋友呢!阿成剛進入聊天室時,碰巧化名小花的女網友也在線上,小花與阿成平時常聊天,如此的交往模式,讓兩人認識了一段時日,雖然玩網路的人都知道,虛擬世界不需要用真實身分來交往,更何況對方是否真實也有待考察,但阿成越是想進一步相處,越是被殘障的身體打回票。他沒自信對方是否能接受一個殘缺的人。

　　直到小花提出見面的要求,阿成心想這一天還是來到了,他猶豫好久敲出「我是殘障」的字眼在電腦上,他不敢想像小花會有何反應,可能再也不跟自己聯絡了,畢竟一個好好的女孩怎會接受殘障的男人呢!但阿成萬萬沒想到,小花竟一口答應見面,並且表示絕不排斥阿成的狀況,讓阿成心中雀躍不已,難得有女孩如此開通、親切,兩人也就決定

以真實身分互相見面。但見面後的數日，小花卻再也沒出現在網路上，阿成心中非常難過，他以為小花終究與其他女孩沒啥分別，對殘障者還是存有異樣的眼光。

這天阿成無精打采的躺在床上，他再也沒興致上網了，不料電話卻突然響起，原來是小花打來的，對於小花的想法他無法捉摸，憑著那天愉快的聊天模式，他絲毫想不出小花有何理由拒絕自己。小花沉著的語調讓阿成屏住氣息，不敢有絲毫的喘息聲讓對方聽見。小花說：「這幾天我考慮了好久，內心也掙扎好多遍，雖然你有著殘缺的身體，但你的內在卻比別人更實在、單純，讓我很有安全感。我認為我喜歡的是你的內心，心靈的契合比一切都重要，我希望能與你正式交往，不知你意下如何？」阿成聽了小花真心的告白，除了感謝，也對小花的知心感到溫暖，人生難得有此知友，甚至願意為自己付出未來的時光。阿成更是毫無猶豫向小花告白：「我實在不知如何表達心中的感謝，但也為表示我的真誠，我當然願意和妳交往，只不過總覺得太委屈妳了。」小花情緒激動，卻也忍不住熱淚盈眶說：「人本來就會有許多難料的意外，若是你能排除萬難，將來努力求上進，我倒認為你是最完美的人了。」阿成被小花這一席話所說服，原來他也百般思量小花父母的想法，畢竟有誰的父母願意讓自己的子女嫁給殘障者呢？有手有腳的人失業在家的比比皆是，

更何況是半身不遂者呢？為人父母者都希望自己的兒女有好的歸宿，但是兒孫自有兒孫福呀！自動自發追求上進者，不須害怕被有情的社會遺棄的。

Reasons for wedding

人家說「成功男人背後都有一雙推手」，喜歡一個人是很盲目的，喜歡一個人有時也提不出什麼理由，當你愛上了一個身體有殘缺的對象時，你會慶幸他心理比誰都健康。大部分的男性都愛美女，找對象都先挑外表，女人則不同，大部分年紀稍長的女人會告訴你——男人沒有俊挺的外表沒關係，要有才華；沒有才華沒關係，要有上進心。一個外在有缺陷的男人，自信心喪失的他，要擁有個人成就並不容易，尤其無後顧之憂更是困難，這時他的妻子就是最好的精神後盾，既然選擇了這樣的對象做一輩子的情人及家人時，就必須要有共同克服生活難題的決心，這也就是為什麼愛的力量能讓一個人更堅強，甚至能讓他從事與正常人無異的工作。愛的力量有多大？如排山倒海、波濤巨浪，愛的力量能使一個人改頭換面，即使他在現實生活中遭受異樣的眼光，妻子能給予丈夫更多的勇氣及動力，讓他有信心、衝勁面對生活中所有的挑戰。

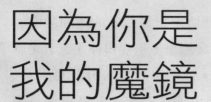

因為你是
我的魔鏡

補習班裡傳來班導弘宇的陣陣吼聲：「趕快將考卷交過來，不要再撐了。若是真的聯考現場，你們早就以零分計算了。」「拜託！就別再催了啦！人家剩最後一題啦！讓人家再寫一下嘛！」婷婷小聲地說著。班導瞪著婷婷扯著脖子大聲說：「這就是遊戲規則！大家都交了，妳怎麼可以例外呢？再不交來，就當妳沒考。」婷婷這時才滿頭大汗的丟下筆，衝到講台前將考卷交出去，班導語帶恐嚇般的告訴婷婷說：「妳這人就是喜歡拖拖拉拉，做事乾脆一點吧！況且其他同學一人拖一分鐘，我這考卷要收到何時才收的齊呢？」婷婷伸了伸舌頭說：「下次不會了啦！別生氣喔！」說完就拿了包包離開了。不久，看著班導弘宇走出補習班到車棚騎車，而後頭載的竟是長髮、大眼的慢半拍美女婷婷。原來這兩人是情侶呀！一旁像發現新大陸的報馬仔阿明，瞪大眼將眼前所看到的這一切，急急忙忙跑回教室跟同學報信，這一下，消息如同病毒般傳散開來，兩人交往的秘密不逕而走，同學們交頭接耳的討論著這一段師生戀，不一會功夫搞的全班都知道了。

弘宇跟婷婷交往一年多，一直到最近才公開行動，原因不外乎一個是班導，一個是學生，師生尷尬的身分，一度讓兩人對交往產生遲疑。因為婷婷傻大姐的個性，再加上這次

參加重考班與弘宇認識在先，因此只知沉浸在戀愛裡。而弘宇畢竟大了婷婷三歲，凡事謹慎行事，非不得已不會公開自己的私事。平時兩人會刻意保持距離，不在補習班周遭做出親密的舉動，舉凡牽手或搭肩一律禁止，同學們自然也無從發覺。

日子久了之後，兩人也覺得該是面對大眾評論的時候。而且正當交往實在無須躲躲藏藏，再加上最近兩人時常在班上出現言語的爭執，也不由得露出破綻。由於婷婷參加聯招的日子就快到了，但她仍一副心不在焉的樣子，看得弘宇替她緊張不已，而婷婷又老是在班上破壞規矩，讓弘宇傷透腦筋。私底下弘宇常與婷婷溝通，但婷婷每次都敷衍的回答，讓弘宇莫可奈何。只有勸她多花點時間唸書，希望今年能考上理想的學校。

雖然兩人在師生的關係上並不融洽，但情侶關係上卻相當和樂，婷婷就像一般時下的年輕女孩，喜愛逛街、買衣服裝扮自己，也與同年齡女孩一樣，偶爾會撒嬌裝可愛。巨蟹座的她喜歡花花草草與玩樂器，有時她也會上街買菜，做幾樣拿手菜給弘宇品嚐，或按照食譜做菜及點心，沒有其他不良嗜好。光這一點弘宇就認定婷婷可以當他媳婦了。

這些日子在補習班起的幾次爭執，都只是弘宇借題發揮罷了，因為婷婷這些個性上的小缺失有待連根拔起，才能讓

婷婷更有自信、更有責任心。像是沒時間觀念，常常約會遲到，讓弘宇等上一個小時也是常見的狀況，有時弘宇簡直想要放棄去改變婷婷的壞習慣。但是對於弘宇來說，這些都可以忍受，他寬容婷婷的所有黑暗面，因為他更重視的是她光明的一面，這些小缺點並不足以傷害彼此的感情基礎。弘宇希望幫助婷婷改掉一些缺失，隨時隨地不斷的糾正她。雖然有些煩人，而婷婷也不排斥弘宇的糾正，原來婷婷也開始透過他人的反應知道自己的缺點，她明白自己的個性，但人總是有惰性的，因此就必須時時提醒自己——放縱有時反而是害了自己。

弘宇就如同一面鏡子，魔鏡裡的巫師能夠告訴妳最真實的是什麼，但要怎麼做，完全取決於心。弘宇時時刻刻都以善意的態度提醒婷婷，哪裡出錯需要改過，哪裡做的不夠需要再加強……等，這些善意的糾正有時不禁會讓婷婷惱羞成怒，將氣出在弘宇身上，然而弘宇則秉持著愛她的心，持續不斷的盡自己能力說服婷婷，幫助她並且藉此讓彼此更加成熟。經過許多事件的溝通後，彼此的理念更加接近，即使有過激烈爭吵，但結果都是美好的。

婷婷常回想：「若是弘宇不夠愛我，他早就放棄我了，他體諒我的情緒並且包容我的缺點，繼續留在我身邊守候著，這正是愛我的表現。」所以，在婷婷心中，弘宇不僅是

長輩，更是親密愛人，若是沒了弘宇細心的照顧，與耐心的指導，可能婷婷一輩子都活在自我建築的象牙塔裡。婷婷感動地對弘宇說：「唯有你才是我的另一面鏡子，能照出我的一切，不論是優點或是缺點，我都願意與你一同分享。因為你，我才能將世界看的更清楚，也才能自我成長、人際關係更圓潤，學業更有突破。」

 Reasons for wedding

　　夫妻間難能可貴之處，便是在於彼此互相體諒及包容，天下沒有完人，也沒有聖人，不同環境、時代，會造就出不同人格個體，沒有人能夠改造或重新塑造別人，也沒有人能侷限他人想法。許多人在剛愎自用或是自卑心作祟下，容不下他人的意見，不肯面對現實也看不清事實。

　　除了經驗是最好的導師外，局外人的意見也是最中立的，應該更有度量的接受他人建議。夫妻之間，除了是親密情人外，也應當用亦師亦友的方式經營，虛心接受對方的建議，正面給予對方批評或讚美，夫妻雙方都應該尊重對方獨立個體的思想，學習對方的優點，摒棄自己的缺點，再次成長。雙方互相學習，一同成長，夫妻不僅止於權利與義務的實行者，也應該扮演朋友、老師的角色，一同分享經驗，更趨成熟。

共同的願景
二 共結連理

坐在跟朋友要來的縫紉機前，手裡不斷挪動著裁剪好的布條，一面為了明天要交的貨趕工，一面望著窗外飄落的片片雪花，內心不由得觸景傷情的懷念起初到美國的情景。放下掛在鼻樑上的老花眼鏡，仁芳感嘆地說：「今年紐約雪下的特別大。」已經連續下了幾天的大雪，讓路邊積雪高及膝蓋，這會兒要出門還得先將積雪剷除，車胎也得裝上雪鏈，要開車出門還真不是件容易的事。以往生活在四季如春的台灣，冬天偶有寒流過境，卻不會雪花飄飄，還不見得需要如此大費周章地考慮諸如此類的小事，現在環境迥異，更得小心行事才對。

好不容易等到雪停了，丈夫阿格正要出門鏟雪。得出門賺錢了，看著女兒正把玩著新買的芭比娃娃，小小的雙手也模仿起大人般，幫小人偶紮著一頭金黃色的長髮，或是替她換穿各式不同的新裝。看著女兒一天天成長，內心似乎感到一陣暖流拂過。仁芳想起當初兩人下定決心要勇闖美國，一方面靠著老爸投資移民所賜，獲得簽發移民簽證，但真要獲得正式公民身分可得耗上許多年，一方面阿格與仁芳靠著前幾年在台灣工作的存款，全數轉移到美國購屋。

想當年，在台灣生活寬裕，兩人皆有固定的收入來源，每個月除了固定支出外，還能做儲蓄的計畫，想買東西也沒

53

啥考慮，盡情揮霍。如今，爲了讓下一代有較好的生活環境，再加上女兒患有遺傳性的氣喘毛病，久治不癒，讓兩人傷透腦筋。爲了搬離台灣潮濕的氣候環境，美國似乎成了兩人的救星，而說也奇怪，女兒到了美國果眞氣喘毛病不藥而癒，也讓兩人頗感欣慰。阿格與仁芳雖然辛苦工作賺的錢沒有從前多，但也覺心滿意足。

　　仁芳做好晚餐等著阿格回來，平時習慣中餐口味的兩人，仍舊是上中國超市，烹調中式菜色，女兒倒也相當喜愛。阿格回來了，抖了一下哆嗦說：「今天眞累呀！腰酸背痛的，還不小心扭到腰了。」仁芳心疼的責怪說：「怎麼這麼不小心呢！待會洗過澡我幫你按摩一下。」說完便走向浴室替阿格放熱水。阿格褪去厚重的外衣，走進客廳一把抱起女兒，女兒一向最喜歡騎在老爸的肩上，任由阿格把她拋高甩低的，就像坐雲霄飛車一樣過癮。不過，今天阿格以懇求的口吻跟女兒說：「女兒呀！今天可以饒過老爸嗎？老爸身體痛痛呀！」女兒懂事的點點頭說：「那老爸給我說故事好嗎？」阿格放下女兒端坐在膝蓋上，兩人坐在沙發上，阿格語重心長地對女兒說：「女兒呀！妳得健康快樂的快快長大喔！妳是爸媽的希望唷！」女兒露出缺了幾顆牙齒的可愛笑容，雖然不清楚父親話裡的意思，不過小女兒心裡卻想著：「我才不要呢！」她對阿格說：「老爸，你每天都要抱我喔！」

阿格笑了笑便開始為女兒說起書上的故事。

　　等阿格洗完澡，仁芳與阿格坐在沙發上，兩人懷念著從前的日子，趁著女兒熟睡時聊聊心事，仁芳說：「現在美國的生活雖然不富有，但生活品質卻有增無減，女兒在此的發展無窮，一切也值得了。我們的希望也全都寄託在她身上了。」阿格嘆了口氣說：「是呀！回想起當年我向妳求婚時，也是因為我們有共同的理念才結合，而婚後我向妳提議到美國定居，妳也一口答應，完全尊重我的決定，順從我的意願，我對妳的感激是說也說不清。仁芳，我應該給妳更好的生活。我……」仁芳用手掩了掩阿格的嘴說：「阿格，別說了，人家說嫁雞隨雞、嫁狗隨狗囉！既然決定嫁給你，就會隨你到天涯海角，這是我們的承諾，我們可是要廝守一生的呀！更何況我們現在還有女兒，她可是我們未來的希望！所有的努力能隨著她的成長而茁壯也是值得的。」

Reasons for wedding

　　兩個獨立的個體能夠結合，必須經過一連串的考驗，要論及婚嫁除了兩情相悅外，擁有共同的願景也相當重要，至於什麼是願景呢？可能大部分的人會認為，結婚不就是兩家庭結合成親家，共同經營家庭的生活，擁有共同的下一代囉！若願景

往更深一層考量，則擴展的層面就更廣了，夫妻兩人各自單打獨鬥比合力打拼要來的辛苦。若是工作上能互相協助，或擁有共同的事業，做起來也就事半功倍。

而兩人對未來抱持何種計畫及想法，若在婚前有過一番徹底討論，就不必在婚後有所遺憾。因為婚姻對於雙方不是一種阻礙，而是更大的力量結合。所以婚前若能有過詳細的思考，考慮共同的想法及對未來的規劃，建立共同的信念，也算是給雙方堅定的信心，如此對兩人的未來也更加確定，也就不至於婚後還在為了事業、理想及建立家庭的每一步爭執不休。爭執雖然不見得不好，但雙方各執己見不肯同路時，婚姻也很難持續下去。

在生活中常常可見到夫妻共同經營生意，不論是靠體力吃飯或是靠腦力吃飯的，白手起家賺錢。夫妻同心即使面臨困難也能共同面對，這樣的團結心力，的確讓人感佩！有些妻子能在事業上扶助丈夫，建立更好的事業版圖，對丈夫來說的確相當幸運，若妻子無法在事業上一展長才時，能夠將家庭及兒女安頓妥當，給丈夫一個溫暖的後盾，豈不也是造就成功偉人最好的支柱嗎？夫妻擁有共同的願景、理想，生活起來也比較有目標，為了未來一起努力，相信共同分享甜蜜果實的時刻，也會是最浪漫的時候。或是兩人雖各有各的目標，但彼此扶持，給予對方建議與鼓勵，讓雙方都能為自己的理想奮鬥，一同給

予這個家庭穩固以及幸福的基礎，這樣雖然是各自發展，但都
是為了這個家好，不也是很好嗎？

「歡迎光臨，請問要到幾樓？」璦玲親切的詢問顧客。這就是璦玲每天需要說的話，她是一位受人矚目的電梯小姐，百貨公司的眾多服務人員中，電梯小姐可是經過千挑萬選才評選出來的。出眾的容貌、甜美的聲音、優雅的舉止都是評選的標準，嚴格的程度就如同挑選中國小姐一般慎重，但在薪資上卻不見得成正比。百貨公司的形象就由親切的電梯小姐開始，因此對於電梯小姐的基本訓練、儀態、親切度及說話方式都得嚴格要求。

璦玲高中畢業後由於家裡經濟壓力大，不得已放棄繼續升學的機會，轉而進入社會自力更生，還得貼補家計供幼小的弟妹讀書，但是璦玲並不怨恨父母，反而因為能有機會接受社會磨練，靠自己努力賺錢而開心。從小看著漂亮的電梯小姐，穿著整齊、亮麗的制服站在令人炫目的百貨公司服務，讓璦玲羨慕不已，因此電梯小姐成了她心目中最理想的職業。璦玲憑著清秀面貌及端莊甜美的聲調，獲得了這項工作機會。但真正進入百貨公司後才知電梯小姐的辛苦，不定期的休假制度，即使有約會也得按排班休息、每天雖然可穿的光鮮亮麗。腳上的那一雙高跟鞋可真要人命，長期站立造成靜脈曲張的結果，使得每天下班都得將兩條腿吊的老高，再以熱水按摩小腿。而說到天天為伍的電梯，不停的上樓、

下樓，壓力的轉換讓人暈眩不舒服，密閉空間裡的空氣更是惡劣。萬一運氣不佳，冷不防被顧客的一劑臭氣射中，逃都無處可逃，還得裝出笑臉陪顧客上下樓。電梯小姐的苦悶有如啞巴吃黃蓮，無處申訴呀！

　　所幸璦玲擁有一位體貼的親密男友立言。因為吃公家飯，生活作息穩定，也時常配合璦玲的休假兩人到處遊山玩水，讓璦玲烏煙瘴氣的工作型態得以緩解。璦玲與立言交往也五年了，立言年紀大璦玲許多，他也曾經試探過璦玲對婚姻的想法。但因為璦玲從小就生活困頓，讓她覺得經濟不獨立，對女人來說相當沒保障。因此雖然工作得很辛苦，也堅持要繼續工作，因為靠自己親手賺到的錢才是最踏實的。立言很能體諒璦玲的想法，因此他從不催促兩人的婚期，只想等璦玲累了，他隨時願意當她的後盾。

　　這一天趁著休假，兩人相約出遊，來到以溫泉著名的陽明山。擎天崗上綠草如茵，偶爾還可見零星的水牛散佈其間。新鮮的草香伴隨著一望無際的藍天，清風拂面讓人心曠神怡。到了夜晚，文大後山的美麗夜景，居高臨下將台北市景色盡收眼底，夜晚星光燁燁，順勢將夜燈串連起來，好似可隨意組合的益智遊戲，連結出不同的圖案。選家風景迷人、視野良好的溫泉旅館泡泡湯，舒展一下疲累的筋骨，再來客山中獨有的香嫩野菜，滿足一下口腹之慾。兩人好不容

易抽出一天的假期，來欣賞天然環境的清新，而也藉著大自然的洗禮，拉近了彼此的距離。

之後，回到工作崗位上的璦玲與立言，一個依然每天面對不同的顧客，乘坐電梯，靠著服務大眾努力賺錢；另一個則在戶政單位持續處理各項事務。立言好幾次都想衝動的告訴璦玲，別再辛苦地給人鞠躬哈腰了，雖然公家機關的薪水不見得多富裕，但也夠他倆花用了。這一次，他依舊幫申請者辦理戶口登記時，看著他人一個個在身分證的配偶欄上填了另一半的大名，就好像與心愛的另一半有了正式的名份，合法夫妻的佐證，看在立言的眼裡不知有多羨慕。從沒想過會如此希望另一半加入自己的生活，讓對方的名字填入自己的配偶欄中，也好像生活更有依靠了。

終於，立言鼓起勇氣撥電話給璦玲，他決定要向璦玲求婚，不論如何他要將璦玲的名字正式地填入自己的身分證上。在電話這一頭的立言扯著顫抖的聲音說：「璦玲呀！妳現在是休息時間嗎？我有話要對妳說。」璦玲回答說：「是呀！怎麼啦！又在想我了呀！我剛好在用午餐，你吃過了嗎？」立言小心翼翼的說：「我早吃過了，我有話想對妳說，我希望妳能好好考慮一下，好嗎？」璦玲吞了一塊壽司，心想有什麼事這麼慎重，氣氛有點詭異喔！便先回說：「我知道了，搞神秘呀！有什麼重要的事呢？你先說我再決定

要不要考慮呀！」立言深深吸了一口氣說：「璦玲，我們交往的時間也不算短了，每次當我看見人家新婚一同做戶籍登記時，我都會有莫名的嫉妒及失落感，我好希望妳也能成為我配偶欄上的女人。我絕對會給妳幸福、美滿的家庭，相信我好嗎？嫁給我吧！」而電話這一頭的璦玲早就哭花了妝，立言不但打動她的心房，也讓她覺得被好溫暖、好溫暖的幸福給包圍。一旁的同事還以為璦玲被欺負了，正傷心哭泣。當大家得知璦玲接受立言的求婚時，都開心地為璦玲祝福。

Reasons for wedding

以前結婚的女性都會冠上夫姓，好像結婚的意義對女性來說大於男性，連姓氏都可以改了，人生還有什麼是恆久的呢？但另一層的意義來說，結婚、改變姓氏就好像重生一般，一切都可從頭開始，也有不同的生活經驗。結婚，不就是為了給雙方有正式的名份，有合法的同居身分，而也有許多人為了這一張合約，半年前就開始籌劃如何呈現一生一次的婚禮大典，畢竟對許多長輩來說，結婚是正式宣告大眾的方式，才能得到真正的祝福。不過，世界在改變，誰知道往後的世代他們對婚姻抱持什麼態度呢？人生就是這麼奇妙，名份改變是眾多結婚的理由之一，經過正式結婚程序後，上戶政機關申請新的身分證

明，這一回配偶欄上可是填上了親愛的另一半。當您拿到新身

分證時，著實會讓自己更加確信「我結婚了」的事實，也是婚

姻一項具體的證據，心裡也會更加踏實吧！

「護士小姐，可不可以幫我換換床單呢？」一面正幫病患更換點滴袋的潔心，一面聽到旁邊幾床病患的要求。潔心請病患稍安勿躁，等她待會拿來換。身為護士的潔心一點也不覺厭煩，事實上她也沒權力感覺厭煩，畢竟這就是護士的工作，她必須比一般人更有耐心的對待病患，讓病患能安心的養病，以及分擔病患身體或心靈上的痛苦。

潔心完成病患的要求後，巡完房，就回到櫃檯休息。這時男友志豪來電，潔心拿起手機跟志豪說：「怎麼啦！突然這時打電話來，我還在值班喔！」電話那頭的志豪說：「辛苦妳呀！還得值大夜班，妳什麼時候有休假，我去接妳，順道到我家吃飯，我爸媽說好久沒見妳了，他們還唸唸不忘妳的紅燒獅子頭呢！還有呀，我媽說等妳有空再一塊兒逛街去喔！」潔心說：「好呀！明天有休假，你到醫院來接我吧！對了，先準備好材料，我去你家做囉！」志豪開心的說：「沒問題，那明天見了。拜拜！」

隔天一大早，志豪便開車來到醫院接潔心，今天晴空萬里，空氣乾淨的像一張剛洗過的藍色床單，還透著淡淡的清香。志豪一臉興奮的來到宿舍門口，志豪跟舍監說：「您好！我找徐潔心小姐。」舍監抬頭看了看志豪說：「喔！潔

65

心好像昨夜沒回來耶！聽說她父親病了，她請假回家了。」
志豪一臉驚訝地說：「是嗎？」於是馬上打電話給潔心，但
手機似乎沒開機，志豪擔心的趕往潔心的家。來到潔心家，
只見潔心一臉憔悴的坐在客廳，而志豪趕緊上前探問未來岳
父的病情。潔心嘆了口氣跟志豪說：「我爸的老毛病又犯
了，現在狀況已經穩定了，我媽年紀也大了，實在無力親自
照料他，才趕緊叫我回來，沒事了。」

　　志豪關心的問潔心說：「那醫院方面需要請假嗎？我去
幫妳辦手續。」潔心說：「沒關係了，我同事已經幫我請假
了，不好意思喔，今天沒辦法去你家了，可得幫我跟你父母
說一聲。」志豪體諒的說：「沒關係啦！妳隨時都可來我家
呀！倒是妳，可得休息一下，我來幫妳照顧伯伯吧！」潔心
很感動志豪的體貼，也真的感到累了，於是便麻煩志豪代為
照顧父親。

　　等父親的身體逐漸恢復健康後，潔心主動準備了志豪父
母愛吃的食物，到志豪家探望他的父母。志豪的父母對於未
來的媳婦相當滿意，也時常催促兩人早日完成終身大事，看
著雙方的父母年事已高，且經過這事件後，潔心被志豪的孝
順及體貼感動。志豪不但與自己的父母關係良好，時常安排
他們空閒的休閒娛樂，讓他們到處遊玩享受人生，也對潔心
的父母照顧有加，時常送送補品，或是幫忙家裡需要勞力的

工作，這種種行徑當然潔心都看在眼裡。

　　潔心除了感激外也對志豪的用心感到窩心，更是對志豪的體貼充滿安全感及信任。而志豪對潔心的感情也相當用心，逢年過節或特殊紀念日，志豪必定有所表示，禮物不在於是否貴重，而在於送禮人的心意，即使是小小的一束花或一頓晚餐，都能讓收禮人感到對方的誠意及用心，也就是被尊重的感覺。不論是男人或女人都希望有被重視的感覺，而志豪因為重視潔心，也重視她的家人，因此當志豪對潔心提出結婚的請求，潔心也就一口答應了。在潔心看來，婚後的志豪對自己父母絕對會付出加倍的關心和照顧。

Reasons for wedding

　　許多子女常常為了父母或長輩的問題遲遲不敢結婚，深怕自己結了婚對父母的照顧便少了，所以對方是否能孝順自己的父母也成了結婚的條件之一。不過未婚男女們也不需因噎廢食，總不能因為害怕而拒絕戀愛吧！對於父母的奉養問題，在婚前可以彼此商量研究。是否與父母同住，事先就得說清楚，免得婚後產生更多的問題。畢竟誰無父母！若是另一半能對自己的父母付出關心，也算是分擔自己的一些責任，所以時常人說嫁女兒等於多了半個兒子。

　　當婚姻關係成立後，對方的家人也頓時成了自己的家人，而婚前若是跟對方家人建立良好的互動關係，便能縮短婚後的適應期，尤其是必須與公婆同住時，如何在生活中取得平衡點，對大部分的新嫁娘來說就是個大學問了。即使婚前相處融洽，感情好的像朋友般親密，但婚後關係轉變成婆媳，這當中有許多不同於婚前的規矩產生，也會造成許多婆媳問題。生活習慣的差異、觀念的不同都會造成爭執，尤其是現在的年輕人哪能接受過多的束縛？婚前的距離會產生美好的印象，但婚後天天住在一起，一但差異顯現，總是會發生摩擦。如何取得平衡或共識，除了雙方的努力外，丈夫的支持及協助非常重要，一方面要扮演好兒子的角色，一方面也得扮演好丈夫的角色，這座溝通的橋樑可不是容易擔當的。

　　許多新婚夫妻寧可擔負經濟的壓力，建立自己愛的小窩，也不打算跟父母同住。不但能保有獨立自由的空間，與父母的往來頻繁，也能展現做子女的關心，距離讓彼此都能保留原來良好的印象，不至於因為生活瑣事而破壞既有的觀感。孝順父母當然是天經地義的事，能夠孝順另一半的父母更是難能可貴。在能夠的範圍內表示關心，也算是愛另一半的極致表現。當您知道喜愛的人對自己的父母也能付出相同的關心時，也更能確定與另一半的未來。

「喔！耶！baby，繼續不要停，你真棒，搞的我全身酥麻，我真是愛死你了。」明玉一旁氣喘吁吁的說著。滿身大汗的耀輝說：「那當然囉！妳現在才知道我的厲害嗎？我可是世界數一數二的猛男！」明玉一邊感受著前所未有的快感，一邊撫摸著耀輝的臂膀說：「難怪你平常都躲在健身房裡偷練身體，原來是為了這一刻呀！我還以為健身房裡可能有辣妹在，讓你不想回家了。」耀輝說：「那怎麼可能呢？我的辣妹不就在這裡嗎？況且妳不是喜歡有muscle的男人嗎？我這麼做都是為了取悅妳！」明玉笑著說：「好啦！我隨便說說的，幹麼那麼在意，我只知道我們都很滿意對方不就得了。不過，你在這方面真是厲害，我們也配合的很完美不是嗎？真希望一輩子跟你一起，這樣的我一定很幸福。」耀輝滿足的笑著說：「那當然囉！不過因為妳這麼偏好做那檔子事，我也才有地方發揮呀！這也是我為什麼會那麼愛妳！當然，愛妳也不全是這方面啦！妳知道的。」

明玉沖完澡出來懶懶的說：「我知道啦！反正我們就是這麼match，也沒辦法呀！而且我是真的很愛你，不只是對你的身體。換你去洗了，我先看一下明天要準備的報告，等你出來再一起睡，好嗎？」耀輝伸伸筋骨說：「那當然，妳的

工作也重要，等我喔！」

　　明玉戴起眼鏡，一副專業的模樣看著報告。明玉是個專業的股票分析師，從畢業後就一直待在都會裡工作，極少回去南部的家，但都會定時以電話問候父母。這幾年父母老了，而自己事業又剛起步，實在無法常常回家探望，均靠家中的兄長代為照顧。明玉一面想著家人，一面看著面前的報告。耀輝則是電視台的製作人，衝著對戲劇的愛好，一股勁的投入戲劇節目的製作。從剛開始的助理幹起，不斷在其中鑽研出自己的一片天，同時靠著良好的人際關係，也讓工作源源不絕。好不容易幹上了製作人，為了收視率的高低起伏，每天也是不眠不休的與工作人員商討劇情該怎麼走、高潮如何設計、結局該如何佈局等，也不是個輕鬆的差事。

　　這一對都會裡的男女，因緣際會的走在一起，同居的生活模式也持續了2年之久。在某一方面來說，性關係的和諧也是促成兩人能維繫這戀情的主要原因。

　　這一天週休二日，難得的假期讓兩人睡到日上三竿，才勉強從溫暖的被窩中探出頭來。明玉揉揉睡眼惺忪的雙眼說：「幾點啦！我的眼鏡呢？喔，已經十一點了。耀輝起來啦！今天星期天耶！起來吧！我們出去走走好不好？」耀輝瞇著一隻眼看了明玉一下說：「是嘛！都這麼晚囉，也該起來了，沒辦法，昨天妳把我操得太累了，全身痠痛呢！」明

玉驚訝的說：「拜託！我哪這麼厲害呀！我自己也很累呀！快起來啦！我做早餐給你吃囉！今天來吃french toast，如何？」

　　明玉起身披上睡袍就往廚房去了。耀輝起床後梳洗一番，擠出一陀陀白皙如雪的刮鬍泡泡，刮下偷偷冒出的鬍渣，不一會兒一臉清新的走出浴室。還未到廚房就聞見一股濃濃的蛋奶香，一見到桌上兩份沾了蛋汁的煎烤吐司、香軟油亮的煎培根、以及事先準備好的法式蛋沙拉，讓耀輝心中充滿溫暖及家庭的感覺，不由得在心中升起了成家的念頭。其實這念頭在他心中已醞釀多時，他決定要鼓起勇氣向明玉求婚。

　　他走進廚房，一把環抱著明玉，嗅嗅明玉頸子上的香味，回想起了前一晚的激戰。明玉嚇了一跳說：「這麼等不及想品嚐我的手藝了嗎？」耀輝嘟著嘴說：「明玉，妳覺得我們結婚好嗎？我好希望每天早晨都能像這樣從背後抱著妳，而且還能天天跟妳切磋床上功夫，這不是很讓人興奮的事嗎？」明玉紅著臉害羞的回答：「你真的在跟我求婚嗎？耀輝，我答應，因為我不想錯過這輩子最速配的人了，我們結婚吧！」

Reasons for wedding

　　這上面的故事你會覺得很誇張嗎？我想，若你回答：「是」，那你絕對不是這個年代的青年男女，要不然就是傳統禮教的支持者。你不用懷疑，這世界就是如此真實，或許你的朋友當中就有這樣的現代豪放一族。這年代，只要是心智成熟的成年人，能夠完全對自己的行為負責，同不同居似乎也不該受嚴厲的批評。夫妻生活是否美滿，性生活佔了一部分的決定權，很多夫妻離婚的理由便是「性生活」不協調。既然它這麼重要，為什麼還要蓋著棉被聊呢？

　　親密關係在傳統上來說是傳宗接代的工具，但對現代人來說卻是要從中獲得樂趣與幸福感。婚前性行為已不再是羞恥的話題，更重要的是如何保護自己，擁有絕對安全的防護措施，並且了解如何能夠讓自己快樂。對於「性」，並不是每對男女的第一次就能到達愉悅或幸福的階段，透過兩人彼此的學習及切磋，真實地告訴對方自己的感受，不製造假高潮、假興奮，因為真相揭曉後，只會使對方更失望罷了。

　　「性」的情趣是可以營造的，營造環境的浪漫、營造自身語言的浪漫，或是由情趣性物來達到更絕妙的效果，這又何嘗不可。性感內衣、冰塊甚至橄欖油……等情趣商品，都是可借用

的道具。身體本來就是人們感興趣的一環,探索自己與對方的性感帶,給予彼此歡愉的體驗,相信也能增進男女間的情感。「性」也是需要夫妻雙方積極討論,一起鑽研,成為生活樂趣的一部分。畢竟光有精神上的感情是不夠的,生理上也必須獲得滿足才不會失去平衡,你說是嗎?

妳，今生
注定是我
的新娘

「你們都準備好了嗎？我們要啓程到韓國滑雪囉！」爸爸興奮地催促著家人趕緊打理好行李，一家人就要踏上滑雪之旅了。除了爸媽外，家裡還有一個姐姐和一個弟弟，另一個就是我佩蓮啦！大家既興奮又期待這次的韓國之旅，因爲從小生活在亞熱帶的台灣，對「雪」總有一種莫名的期待感，除了像合歡山一樣的高山，偶爾在極冷的冬季會飄些雪外，台灣一年四季都處在溼熱的氣候裡，雪似乎具有特別的魅力，讓人想一親芳澤。這次父親可是豁出去了，冒著有可能傾家蕩產的危險，也要讓我們幾個小毛頭看看雪長成什麼模樣。於是一家人開開心心的前往韓國賞雪，並且學習滑雪的技術。

當我們來到眼前一片白茫茫的滑雪場時，興奮的大叫。但是沒過多久就發現原來有雪也不好過呀，太冷了嘛！凍的大夥鼻涕直流。對於不習慣寒帶氣候的我們，還偷偷穿了好幾條的衛生褲呢！不過，能看到這一望無際白雪皚皚的景色，也值回票價了。之後，導遊跟大夥說明這滑雪場的各項設施，以及往後教練所教導的各項技術，要我們細心聆聽才能完全學習箇中要領。我們三姐弟可是比上課還認眞，耳朵豎得高高的，三人打定主意，待會絕對要來場滑雪大賽！比賽之前，當然要先來點暖身遊戲。幾個人拿著滑雪板在坡道

上玩，下滑速度快的驚人，但十分過癮，我們還多滑了好幾回呢！

就在大夥開始滑雪大賽時，我突然一個不小心，滑出跑道直奔懸崖邊，但怎知手腳不聽指揮，不知如何讓自己停下。爸媽在一旁完全使不上力，著急的大聲呼救，這時一個動作俐落的滑雪者衝出，直接以身體將我撲倒，才化解了這次的危機。幼小的我被這突如其來的一切嚇得魂飛魄散，也沒看清對方是誰就直揣在母親的懷裡，埋頭大哭。而驚魂甫定的父母更是不斷的向這位年輕人道謝，還好對方是華僑會說中文，讓父母有機會表達謝意。

我因為這次的韓國之旅，開始對韓國的一切產生興趣，之後更挑選韓文系為第一志願。畢業後進入韓商公司工作，由於公司的派遣，讓我有機會到韓國做短期的技術交流，開始了我的韓國生活，而我也因此交了位韓國男友。

「聽說韓國男人都很大男人主義，對女人很不溫柔喔！」佩蓮說，俊笙頗不以為然的說：「或許吧！不過別忘了我可是道地的台灣人喔！只不過從小隨家人來韓國生活。所以別一竿子打翻一船人，我對妳可溫柔呢！」佩蓮壓抑著興奮的心情，故意與俊笙抬槓說：「是嘛，你最溫柔了啦！但你還不是從不下廚房，也不會幫人家洗碗，還說你不是大男人主義。」俊笙馬上回道：「冤枉喔！我可是尊重妳喔！廚房是

女人家的天下，我不敢擅闖禁地，但如果需要幫忙，我可是義不容辭的。對了，妳當初怎麼會想學韓文，一般人不是都是學英文，或日文嗎？怎麼會對韓文有興趣？」佩蓮笑笑回答：「也沒什麼啦！以前小時候曾經來韓國滑雪，但是小孩子總是皮的不知死活呀！看大家滑的那麼起勁，也以為自己做得到，結果差點害自己摔下懸崖，嚇死我了。幸虧當時有位救難英雄出現，救了當時的我。或許就因為他吧！讓我想學習韓文。」

俊笙聽了佩蓮訴說的往事之後，突然腦中回憶起一個熟悉的畫面。自己年輕時也曾經在滑雪場救了一個小女孩，當時只知對方是台灣滑雪團來旅遊的，距離現在已經好多年了，只記得小女孩的父母姓許，還跟俊笙互留姓名及電話，說有機會到台灣一定要去找他們。俊笙突然靈光一閃，便告訴佩蓮當時那對許姓夫婦的姓名，佩蓮嚇了一跳，直覺沒有這麼巧的事吧！但俊笙說的的確是爸媽的名字呀！莫非俊笙就是當年救自己的年輕人？若是按年代推算也相當符合，兩人都不由得懷疑起來，也覺得非常不可思議。

佩蓮建議說：「乾脆我打電話回去問我父母，當年救我的年輕人姓名，若是他們給的答案就是你，那真是太好了！」俊笙在一旁顯的有點緊張的點點頭。於是佩蓮打了通越洋電話給父母，心中非常期待謎題能快點揭曉，當電話那頭傳來

俊笙的大名時，兩人幾乎訝異到不能言語，你看我、我看你的，驚訝於上天竟有如此巧妙的安排。

　　這次的事件讓俊笙決定對佩蓮提出結婚的請求，因為在兩人心中都深信這奇妙的安排，必定有它重要的意義在。俊笙對佩蓮說：「妳也相信命運了吧！我相信妳是我今生注定的新娘。上天讓我們在生命之初相遇，又讓我們因緣際會的重逢了，或許我們真的命中注定要成為夫妻，妳說呢？」俊笙因為這次的巧合讓他更加相信命運的安排，不願錯過這大好的求婚機會。而佩蓮也被這一切感動，除了愛情外，她也相信彷彿冥冥之中早就安排好了似的，讓佩蓮義無反顧的決定與俊笙結合。

 Reasons for wedding

　　決心在人生中加入另外一個生命的轉變，是需要極大的勇氣以及堅定的信心。轉換身分證的形式也代表著要向人生第二階段邁進一步，結婚是一種認證的儀式，身分證上登記配偶欄也是一種認證，更是一種認真的承諾，告知親朋好友自己生命有所改變、身分有所轉變，從今以後得更成熟、有更多對家庭的責任。看著親愛的另一半能與自己成為正式家人的感覺，如同赤腳踏著冰涼的海水與細緻的沙灘，感覺自然又真實。

擺脫天天
吃泡麵
的日子

單身男人獨自生活，最可憐的莫過於不會煮飯、不會洗衣服、不會打掃房子。若是專注在工作上，這些生活瑣碎的細節根本不可能照顧到，也難怪許多男人把好不容易娶來的妻子當傭人。有些男人若再邋遢點，外表蓬頭垢面的令人作嘔，哪裡娶得到老婆呢？在繁忙的都會打拼的羅斯，也有這樣的問題。羅斯有著一份人人稱羨的醫師職業，薪水高，壓力也大，時常得與死神搏鬥，挽救病患的生命。因此到了三十幾歲連個對象也沒著落，心裡大概也打定一輩子就跟工作為伍了，想也沒想過自己下半輩子該怎麼過，每天下班回來也只會吃吃泡麵。看在同居室友，人稱大眾情人的羅柏眼裡，不時搖頭為他感嘆。

羅柏說：「你再這樣下去，小心變木乃伊囉！交個女朋友嘛！也不用天天吃泡麵了。」羅斯感嘆的說：「像我這種職業，每天忙的跟條狗似的，又得給醫院隨傳隨到，哪有時間談戀愛呢？」羅柏狐疑的問：「就算你沒時間出去交女友，醫院裡不是有一大堆護士嗎？穿著制服的白衣天使，多可愛呀！難道都沒有看上眼的嗎？」羅斯笑說：「哎喲！我待在急診室裡，每天的心情都處於緊張狀態，就像坐在雲霄飛車上似的，哪有時間注意身旁的護士，哪個俏、哪個嬌的，都是工作上的夥伴而已。再說，一看到病患痛苦的表

情，就什麼想法也沒了。」

　　羅柏心想再這樣下去怎麼得了，左思右想，不如來幫他辦個聯誼吧！於是羅柏便如此如此、這般這般對羅斯強力解說，讓羅斯也開始心動了。他說：「或許這是我人生的轉捩點，不如就嘗試看看吧！」於是，羅柏開始積極策劃這次的聯誼活動，對象則是鎖定一般男人喜愛的女老師。剛好羅柏的大學同學裡有人在教書，於是經過一番聯絡，敲定了人與時間，雙方人馬便來到了風景宜人的淡水漁人碼頭，這裡可說是情侶的最佳約會去處。

　　羅柏對這次的聯誼可說是自信滿滿，他在羅斯的耳邊輕說：「醫生的職業還不夠吸引人嗎？哪一個女孩不想當個醫生娘，每天在家數鈔票就好，或是天天以逛街為職業，交往的還都是高級知識份子或是其他的貴太太，豈不羨煞其他女孩呢！」羅柏又再給羅斯打了一劑強心針說：「你不用擔心啦！反正只是出去認識朋友，對你來說也不吃虧呀！更何況以你的職業來說，很多女孩會自投羅網的，相信我吧！」羅斯帶著緊張的心情說：「就相信你這一次吧！反正好久沒出來透透氣了，怪悶的。」

　　到了集合地，羅斯沒自信地低著頭向女孩們打招呼，但眼角瞄過去卻發現了一個，讓他驚為天人的女孩──亞旋，羅斯的眼光就此一刻也沒離開過亞旋的身上。羅柏一眼就瞧出

來羅斯的心意，趕忙跟亞旋介紹彼此的背景，隨後便開始遊覽淡水小鎮。羅柏刻意安排兩人走在一塊，好製造聊天的機會，羅斯一開始支支吾吾的說不出一句話，而羅柏則急的像熱鍋上的螞蟻，趕緊湊上前去幫忙提話：「啊！今天天氣不錯呀！大家出來走走，呼吸新鮮空氣嘛！亞旋妳的工作狀況如何呀？」亞旋笑笑說：「不錯呀！穩定的工作，沒什麼特別的，每天和一堆小孩玩在一起。我是國小老師，教學對象都是還不太懂事的小孩，得更有耐心去教他們。」羅柏推了推羅斯的手肘，示意要他趕緊接話。羅斯這才回過神來，原來他一直為亞旋的美貌所暈眩，現在才清醒一點說：「哇！那妳將來一定會是個好媽媽囉！」亞旋笑說：「還早！我是很喜歡小孩，不過離生小孩還有段距離吧！」兩人打開話匣子後，彼此的心防也不再封閉，開始天南地北聊起天來。羅柏看這情況便滿意的從兩人之間退場。

　　亞旋是個乖巧、柔順的女孩，出生於中南部台灣，純樸的環境也薰陶出樸實、容易知足的個性，雖然目前在台北教書，不過自己一個人過的相當簡單。透過這次的聯誼活動，亞旋認識了老實的羅斯，漸漸地兩人感情逐日加溫。在羅斯休假的日子，兩人會一起出外踏青，偶爾到陽明山的擎天崗上，躺在一片綠草如茵的草地上，嗅著大自然賦予最新鮮的香氣。看著一頭頭嚼著嫩草，悠閒晃蕩的水牛，心情也跟著

輕鬆起來，頓時讓煩躁的灰色心情，丟給了大自然去消化了。偶爾，亞旋也會帶著一些青菜、新鮮的海產到羅斯家，和羅斯共度晚餐。

看著羅斯天天以泡麵果腹的亞旋實在很不忍心，所以常勸他要對自己好一點。亞旋皺著眉頭說：「羅斯你是醫生吧，那你應該知道泡麵吃多了，會對身體不好的，即使不會煮飯菜，偶爾也該買買外賣，或是到餐廳吃飯呀！錢該花還是得花，別虐待自己的胃了。」羅斯見亞旋規勸自己時的模樣，這麼的在意自己，滿臉心疼的模樣，便趁此機會趕緊接口說：「那不如妳就幫幫我吧！嫁給我囉！這樣我就不必天天吃泡麵了！亞旋，妳願意嗎？」

Reasons for wedding

有時善加利用現場時機，掌握所謂天時、地利、人和，這也是個不錯的結婚理由喔！女孩們通常都有顆憐憫的心，對小動物們特別有愛心，更何況是自己心愛的男人呢！適時抓住機會，來一招針對惻隱之心的心理戰，也許會讓對方點頭答應喔！不過，若真遇上一個廚藝白痴型的女孩，那這一招可能就會打了折扣了，除非愛情的力量能改變她，讓她心甘情願學習下廚，否則男人就得另外想想辦法囉！

拴住一輩子
的情人

　　這一天晚上，彩雲和往常一樣，十一點一到，便在電腦前面坐定，開始挪動小老鼠，連線接上網路。一上網，彩雲馬上就收到許多無聊男士提出的聊天要求。一邊忙著查看今天收到多少新的訊息，一邊忙著回信給對方。ICQ上的無聊男士不在少數，彩雲心想全世界沒事幹的人還真不少，不論現在是格林威治時間還是中央標準時間，在網上不怕沒人可以陪你聊天。此時又有人上門聊天了，彩雲先查看一下對方所留的個人資料，心想：「嗯、嗯，是個自稱音樂家的自大狂嘛，我就來跟他聊一聊，看他多有音樂才華。不過對方是個外國人，我得把英文磨利點！」於是彩雲以老鳥的姿態，開始詢問對方的祖宗十八代。

　　「這人挺有趣的，雖然我不知他說的是真是假，不過有英國皇家音樂學院的畢業證明，又是住在古堡中的伯爵後代，這不得不將信任度降到20％，可別太相信，以免上當。」彩雲又開始詢問他，得過什麼榮譽呀？或是興趣與職業，對方都能舉出實際的名稱，讓彩雲愈聊愈迷糊了，接著對方也問起彩雲的興趣來。彩雲回說自己喜愛登山，目前也是學校登山社的女社長！除了台灣幾座較著名的山峰已全數造訪過外，她還希望未來能夠挑戰國外知名的高峰，雖說登山至今沒有專家級的經驗，但也能侃侃而談的道出登山技術及樂

趣。兩人因此找到了共同的話題，彩雲漸漸發覺對方誠意十足，至少他不會採取不堪的詞彙，或像其他人一開始就以網交、一夜情的話題切入，讓彩雲開始有對他展露出眞實自己的意願。

　　而後每天的同一時間，彩雲都懷著興奮的心情開啓電腦，期待在網路上遇見對方。而對方也在同一時間準時出現，將彩雲設定爲聊天對象，因此彼此只要一上線就能知道對方是否正在網路上。查理目前是音樂劇團的團員，以演奏小提琴爲主，一方面還在攻讀博士學位。他紳士的談吐以及幽默的態度，讓彩雲對他極爲欣賞。而彩雲即將面臨大學畢業，原本也有意赴國外求學，但她希望能自食其力，自行負擔留學費用，因此還在籌錢階段，父母對她的決定也頗爲贊同，就由著她料理自己的學業。

　　彩雲跟著社團的戰友們，征服過大大小小的山峰，舉凡大霸尖山、雪山、玉山等都曾經踏上足跡。對彩雲來說，能征服大自然，可增加自己的自信，並且學習如何與大自然共生，開拓視野，也學習與人相處之道。與彩雲正在網上聊天的查理，一面看著彩雲的經驗談，一面也分享自己的經驗。雖然彼此語言、國情不同，但感覺卻近在咫尺，這是彩雲前所未有過的觸動。她很希望這個人能夠出現在面前，因爲她有一籮筐的話想跟他聊，而查理對於中國文化也極有興趣。

他對彩雲說如果有機會出國演奏，他一定會極力爭取到台灣的機會。

　　兩人網上交談約莫半年，查理便要求彩雲寄照片給他，於是兩人互寄了照片，查理看起來比實際年齡小，而彩雲則是個皮膚黝黑的長髮女孩，雙方都開始有了對方的影像。就這樣又過了半年，兩人感情迅速熱絡，畢竟透過網路只是虛擬的管道。為了獲得真實感，查理不遠千里來到台灣與彩雲見面，雖然僅靠著照片上模糊的影像，但在機場裡彩雲很快的認出查理，而查理也一眼就看見彩雲，兩人情不自禁地在機場相擁。

　　兩人都是付出真心在交往，也對這段感情寄予很高的期望。個性與興趣相投，即使語言稍有隔閡，但仍一見如故。查理短暫的停留並不能滿足兩人對彼此的渴望，雖然離情依依，但畢竟時間有限，透過這次近距離的相處，更加深了感情的濃度。查理覺得今生的新娘非彩雲不可，希望能將這段異國戀情成為永恆。於是一回國，查理便幫助彩雲辦理留學手續，並且安排住宿及一切生活所需。沒多久，彩雲便啟程前往英國。一邊唸書一邊談戀愛的彩雲，簡直幸福極了，她萬萬沒想到一段網路戀情竟然能牽起這段異國婚姻。查理在彩雲畢業前夕跟她求婚，希望彩雲成為她合法的妻子，也希望成為他一輩子的情人。

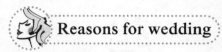 **Reasons for wedding**

　　目前社會中夫妻結合通常是透過自由戀愛,而傳統的相親也是個不錯的管道,要不就是透過交友中心牽繫紅線。隨著網路時代的來臨,網路交友的情形愈來愈興盛,但往往在網路的虛擬世界裡,人們總是隱藏真實姓名及身分,來與對方交往,因此網路交友事實上存在的危險也不少。不過,網路交友傳情也不失為一個快速又確實的管道之一,更何況現在視訊工具方便,只要透過攝影機及麥克風,不論雙方距離多遙遠,只要連上網路就全都無遠弗屆,將訊息及影像傳遞到世界的每個角落,網路情人也不再是無法達成的任務。

　　而既然是自由戀愛,以愛為基礎的婚姻,更應該時時刻刻努力經營,除了婚後彼此的責任之外,為了持續戀愛的感覺,不妨為生活製造些意外的浪漫,像在特定的紀念日、假日,為對方準備禮物以及安排短期旅遊,讓對方有所驚喜的方法皆可,亦或是安排兩人一起從事共同的喜好及活動,好好放鬆一下,一起享受美食呀,或是一起泡個澡、喝個小酒,都是培養感情的好方法喔!

為了一起
抱抱睡覺

　　孝榮爲一間外國藥品公司的業務，質樸的性格加上爲人正直，每年的業績金榜上，都有他的名字。孝榮自己也沒料想到，能在這領域闖出一番天空，進而獲得好成績，讓原先一昧投身於保險業的他，慶幸自己轉業成功。而當初從事保險業時，與同事麗娟成了知己，但兩人並未發展出男女之情。麗娟深知孝榮正直、單純，於是將自己的妹妹介紹給孝榮認識，成了兩人的媒人婆。

　　麗雪是一個活潑外向的俏護士，從學生時代就頗具男人緣，男性朋友也不少。麗娟認爲孝榮與麗雪在職業上能互相支援，藉由麗雪在醫學上的專業知識，能給予孝榮醫藥的常識，也可借助與醫療人員的人際關係讓事業更上層樓，更具有開拓性。而孝榮單純可愛的爲人，也是讓麗娟放心將妹妹委託終身的最佳人選。麗娟將這一番考量告訴麗雪，徵求麗雪同意再安排見面，而麗雪對於姐姐的安排，也欣然接受。麗娟的一番心意也讓孝榮感激在心。

　　這一天兩人初見面，孝榮應麗娟之邀到家中吃飯，事先孝榮就頻頻詢問女友成群的弟弟該如何應對，交友廣闊的弟弟馬上傳授幾招相親術給他，因爲第一次見面就得面對麗雪一大家子人，內心惶恐的程度眞是難以言喻，眞是既期待又怕受傷害。爲了給對方一個好印象，特地從衣櫥裡拿出收藏

多時的亞曼尼西裝，人家說：「佛要金裝，人要衣裝。」長的夠帥了，也要稍加打扮，讓自己看起來稱頭點。將自己打點完畢便依約來到麗娟家，麗娟姊妹一字排開共有七位，各個貌美如花人稱「七仙女」，果真讓人眼睛為之一亮。而女主角麗雪排行老三，嬌小的身材，纖弱的身形，彷彿風一吹就會隨風傾倒，讓孝榮升起憐惜照顧的念頭。登對的外型，麗雪的家人看了都很滿意，而兩人在初步認識後也打開了話匣子，不一會兒功夫竟然笑鬧了起來。有了家人的支持，讓這一對佳人進展快速，沒多久兩人就論及婚嫁。

　　在交往時期，孝榮為了討麗雪歡心，時常在假日安排兩天一夜的國內旅遊，讓兩人愛的足跡遍佈整個美麗的福爾摩沙。有時到離島遊玩，滿天星斗、帶著鹽味的海風迎面襲來，輕撫耳邊，彷彿聽見海浪在低語。而兩人腳下的泉水正是聞名世界的海底溫泉，由海底滲出溫熱泉水，有著海洋自然的味道以及溫泉水礦物的泉質，情侶們倆倆相擁而坐，消除身心的疲累，這等清閒還真是得來不易，不但解除了平日處在都市叢林的煎熬，也可享受戶外新鮮空氣與遠離塵囂的樂趣。來到綠島這曾經為重刑犯監獄所，如今開放成了觀光勝地的島嶼，孝榮與麗雪騎著租來的摩托車，來到海底溫泉，兩人找了個位置坐下來泡泡腳，舒展一下緊繃的神經。孝榮搭著麗雪的肩膀，兩人緊緊的靠在一起，彷彿這世界就

只剩下彼此。

　　孝榮甜蜜的說：「不知可否就這樣一直抱著妳入眠，只有擁著妳的時候才感到這世界的真實。我情願就如此抱著妳，即使白了頭髮、生命燒盡也不後悔。」麗雪被這一番話感動到不行，眼淚在眼眶中直打轉，差點成了淚人兒。麗雪透過身體溫度的傳遞，感受到前所未有的貼心與溫情，她清楚的感受到孝榮的細心與愛意，真希望時間暫停，讓我多享受幸福的滋味！麗雪說：「我想這輩子再也找不到這麼愛我的人了，能夠與相愛的人一起享受甜蜜時光，該是何等的幸運與幸福，如果可以，我也希望能天天擁著你入眠。」

 Reasons for wedding

　　一般來說，結婚之前所有準備的事項裡，新房也是其中一個要項，若是能力許可，能自己購買新屋，或是在外租房子。不論如何，佈置新房相當重要，傳統上會購置新家具以及新床、新棉被，在房門口貼上紅色雙喜字，讓喜氣填滿整個家。有了新房，兩人也就可以合法的身分同床共枕囉！當然，人總是不滿足的，當您成了合法夫妻，同睡又似乎少了那麼點刺激感，婚前偷偷摸摸的行為，反倒刺激許多！以往的戀人成了合法的枕邊人，也會出現許多不適應的狀況，比方說有些人有習

慣性的打呼症狀，這或許是你結婚前未發覺的，一但結婚可就沒法子了，也不能像買錯了東西可以退貨，只得強迫自己接受了。

　　至於好處呢？結了婚可以抱抱睡覺呀！冬天季節，對方可成了免費暖爐了，平時一人睡覺，手腳冰冷難受，現在狀況解除啦！能夠抱著對方睡覺，半夜再也不會冷醒了。另外，也有人極力倡導婚前睡睡看，一起出遊或出國旅行，想必是睡同一間房，若是你堅持婚前不發生違規的事情，不妨挑選一間有兩張單人床的房間，睡在同一間房就會發現對方許多不同的生活習慣，也會知道對方睡覺會不會呼呼叫了，或是有什麼無法忍受的生活小缺點。若你是一個超級淺眠的人，可能對於打呼聲無法忍受！那麼可以在婚前事先發覺，事先溝通如何解決，否則等結婚那天才知對方有嚴重打呼的習慣，那不就毀了嗎？這可不是塞條襪子就可解決的，寧可在婚前檢驗所有的條件，也不要在洞房花燭夜那天才抱著枕頭痛哭！

一生一世，
只牽妳的手

一場交通意外，就如同月老手中的紅線，也意外的牽起了一段姻緣。話說某年的夏天，清新的空氣裡微風徐徐，雖說是烈日當頭卻一點也不悶熱，反而異常的清爽。佳音騎著一輛跟學姊買來的二手鐵馬，奔馳在學校後方回宿舍的馬路上，不料卻被一台沒長眼睛的機車騎士，猛然從路邊的停車格裡退出，讓佳音措手不及，迎面撞上對方的機車。佳音頓時從車上摔了出去，坐跌在路上，機車騎士趕忙下車一探究竟，渾然不知已撞到人了，一回頭才看見一個女孩倒在路邊。還好佳音只摔破了膝蓋，沒有嚴重的外傷，這時肇事者趕緊扶起佳音，連忙詢問佳音有無大礙。原來撞傷佳音的也是同校的學生，名叫志達，志達是法律系的高材生，平時都把車停靠在學校後門，這一天正要牽車騎回家，不料沒注意後方是否有行人或來車，就一屁股的往後退，沒想到卻撞到了人。

兩人還真是不撞不相識，志達一把扶起女孩的手，柔軟舒服的觸感，讓他心中一陣酥麻，就像觸到輕微的電流般。志達一見扶起的女孩長相眉清目秀，加上高䠷纖細的身材、亮眼的五官，讓人一見就不能忘懷。在詢問有無大礙後，便立即扶著佳音送她到學校的醫護室。佳音本來一肚子火，想說是哪個冒失鬼，竟敢把我撞傷倒地，今天真是倒楣到家

了。沒想到猛一抬頭，一見是個翩翩丰采的美男子站在面前，趕緊收起火冒三丈的怒氣，嬌滴滴的回答說：「沒關係、沒關係，我沒受什麼傷。」志達執意要送佳音到醫護室檢查，順便包紮膝蓋的外傷，心中過意不去的向佳音表示：「真抱歉讓妳受傷了，妳的醫藥費我會全權負責的，妳家在哪？我送妳回去。」佳音心想，也好，否則腿部的確有些不適，一個人怎麼拐回去呢？於是志達便騎車送佳音回宿舍。

　　回到宿舍門口，志達突然跟佳音要了聯絡電話，表示為彌補這次意外，希望能請佳音吃頓飯，而佳音也覺得志達頗有誠意，於是留了電話給他，兩人便約定了下次見面的時間。佳音回到宿舍後，一進房就呆坐在書桌前，想著今天發生的意外，就好像作夢一般，進大學沒多久，每天不是打工就是上課，也不曾參加聯誼活動，班上男孩也不多，所以壓根也沒想過會談戀愛，沒想到現在卻有男孩相約吃飯，簡直是因禍得福。佳音順手摸了摸隱隱作痛的膝蓋，這時室友小真突然吼了一聲，大聲說：「佳音呀！我在妳旁邊站了足足有十分鐘喔！妳怎麼一點反應都沒有耶！妳是不是出了什麼事了？」佳音笑著說：「沒有啦！剛剛出了一點意外，受了點傷，現在沒事了。」小真連忙查看了佳音，還好只是皮肉傷，不過妳怎麼眼神呆滯，一點都不像平常的妳呀！佳音靦腆的說：「沒有啦！只是被帥哥撞了一下，讓我到現在心情

還不能平復，而且告訴妳喔！他還約我吃飯耶！」小眞從床上跳起來說：「哇靠！白馬王子出現啦！若是撞出一段戀情還眞是可喜可賀了。」佳音解釋說：「哪有這麼容易的事，只不過人家爲了表示歉意，請我吃頓飯而已。」小眞在一旁極力催促，要佳音好好把握這次機會，若對方條件不錯可得好好把握喔！佳音也頗有同感。

　　這一天兩人來到了學校附近巷內的一家餐飲店，用過餐後，點了杯飲料，便開始聊起學校生活，以及系上上課的趣事，彼此也分享學習上的經驗。由於志達比佳音高一年級，所以也提供學校各種資源的使用方式，讓佳音對志達產生了信賴感，在彼此心裡留下了很好的印象。經過了第一次的約會後，志達漸漸對佳音產生愛意，佳音也覺得志達值得交往，於是兩人在學校裡成了跨系的情侶。平常沒課，兩人也會相約在校園散步，高聳的松柏、平坦的草地、平靜無波的湖水，更成了情侶散心培養感情最佳的環境。學生時代的戀情總是讓人回味無窮。大學畢業後，志達服役去了，而佳音仍有一年的課業須完成；畢業後，佳音回到故鄉，執起教鞭當起老師來，而志達則繼承家業當起小老闆。

　　兩人距離雖遠但仍然維繫著一段得來不易的感情，常常就是志達開著車到佳音家附近遊玩。趁著假期帶著心愛的人到處走走，兜兜風、品嚐各地的美食，成了佳音、志達共同

的喜好。雖然現在分隔兩地但心仍緊密維繫，時間久了志達興起了結婚的念頭，家中的小事業足夠一家人吃穿無虞，而唯一缺憾就是佳音不能隨時陪在身旁。於是志達在同遊踏青的一個午后，向佳音提出結婚的請求，佳音也同意志達的求婚，如此一來兩人就可以天天在一起了。志達牽起了佳音的小手說：「希望一生一世都可以牽著妳細白的小手。」

Reasons for wedding

　　男女交往肢體接觸，第一階段從牽手開始，一但牽起了溫暖的小手，心裡也會跟著溫暖起來。男孩子粗枝大葉的，對於女性纖細、幼嫩的肌膚或多或少存有遐想。所以說呢！女孩子第一步一定得保養好自己的雙手，讓雙手摸起來又滑又嫩的，加強美白也是一大重點喔！其次就是美觀的問題，事實上男性不太喜歡女孩子在指尖塗上太多色彩，尤其像大紅色或金色類，會讓他們倒盡胃口，這可是一般男人的心聲喔！所以，只要定期修剪指甲，保持乾淨及適當的長度，就夠迷人了，或是擦上簡單的顏色以及護甲油即可。另外，雙手肌膚的保養也相當重要，雙手紋路的多寡代表年紀的痕跡，可別讓纖纖十指透出年齡的小秘密喔！

婚紗照，
魅力無法擋

　　惠昀摟著男友尚智的手，一邊享用手裡的霜淇淋，一邊看著中山北路上的婚紗店。各家婚紗館由於競爭激烈，花招百出的想出許多優惠方案，不是送送小禮物拉著客人進店，就是在店口強力促銷許多好的折扣或贈品，對於真正要步入禮堂的新人來說，簡直讓人眼花撩亂，看得亂了方寸，若事先沒有主張，可真會不知如何下決定。惠昀跟尚智一路閒晃，不知不覺的晃到了中山北路的婚紗街，看著一套套華麗、高貴的婚紗展示在櫥窗內，莫名的白紗魅力，讓許多女孩也興起了結婚的念頭，惠昀想著：「什麼時候才可以穿上美美的婚紗拍照呢？」看著一對對即將步上紅毯的情侶們，在店內挑選婚紗及禮服，心裡好生羨慕，不過真的要結婚了嗎？尚智看了惠昀說：「妳也想穿上婚紗，拍婚紗照嗎？」，惠昀雖然內心很渴望，不過並未附和尚智的回話。

　　過了幾天，惠昀的好友如意竟然宣布要結婚了，她告訴惠昀說，雖然跟她男友交往時間並不長，但兩人覺得既然感情穩定，不如早點共築愛巢，一起生活吧！因此，突然跟大家宣布結婚的訊息，讓家人及朋友都很驚訝，但也獲得相當多的祝福聲。由於時間緊迫必須趕緊準備相關的事宜，包括拍婚紗照、挑選結婚禮服、喜宴的飯店、會場佈置、傳統結

婚儀式所需準備的擺設，以及瑣碎的禮品及用品。如意在忙不過來的情況下，急忙央求好友惠昀的幫忙，一起挑挑禮服及飾品，如意說：「惠昀快幫幫我吧！我現在像熱鍋上的螞蟻呢！急死我了，許多細節都還沒決定呢！」

於是兩人來到了婚紗公司。一踏進裝潢現代的婚紗店，一排排漂亮的禮服映入眼簾，有白的、粉紅的、粉藍、粉黃、粉紫，每一季還會搭配流行趨勢出現金色或特別的色彩。在現場試妝的新娘穿著禮服端詳著自己的模樣，服務人員親切的迎面而來，如意和惠昀被這新鮮的一幕愣住了，還未回過神，服務人員馬上提出幾個方案及價碼讓如意選擇，還邀請如意直接下樓挑選喜愛的禮服。如意想想不如先看看衣服再說，若喜歡再繼續談下去。於是試過幾件衣服後，如意決定再找一家比比價錢，畢竟貨比三家不吃虧！面對這琳瑯滿目的禮服，總得挑件亮眼能襯托出個人風格的才行呀！於是又來到一家素有口碑的婚紗店，果然一進門就看到有相當多的顧客，如意和惠昀也被安排坐了下來。看來這一家似乎生意不錯，那就挑挑禮服吧！

如意試了幾件白紗，也讓惠昀一同試試伴娘禮服，好像穿上禮服醜女也可以變天鵝了，因為禮服讓女孩就是跟平常的自己不同，胸前特殊剪裁，讓三圍更加立體有形，而蓬蓬裙的效果彷彿來到了中古世紀的歐洲，每個人都搖身而成了

美麗的公主。兩人面對鏡中的自己，都差點認不出來了，若是再加上耳環、項鍊飾品的陪襯那就更美了，尤其是搭配新娘造型及特殊彩妝，絕對能成為讓另一半驚為天人的美人。這一切對於惠昀來說，簡直羨慕死了，女孩一生的夢想就是這一刻了，一生唯一的主角就是自己。但是自己什麼時候能穿上這一身行頭，拍美美的婚紗照，留下一生最美的回憶呢？看著好友結婚，自己當然也會有所衝動，希望下一個穿白紗的就是自己。

當陪完如意完成婚紗以及拍攝婚紗照後，惠昀也興起了結婚的念頭。她也很希望趕緊能穿上婚紗拍照，於是便向尚智提出結婚的念頭。沒多久，惠昀便如願以償地拍了美麗的婚紗照！

 **Reasons for wedding**

女孩子通常對於拍藝術照、結婚照等，很是嚮往。原因不外乎就是能打扮得漂漂亮亮，讓自己猶如鏡頭前的模特兒，雖然沒條件走上伸展台，不過坊間的藝術照，就是能滿足女孩的願望。藉由攝影師拍照的技術以及修飾照片的技巧，還有化妝師神奇的彩筆，讓醜小鴨也能成天鵝，經過一番精心打扮後，拍出來的照片當然非常賞心悅目！難怪有那麼多年輕女孩趨之

若鶩。

　　可是拍婚紗可不是像想像中那麼容易喔！婚紗照是專為結婚設計的，老實說，多多少少都會受到商人行銷招數的影響，誰說結婚一定得拍照呢！尤其是現在許多婚紗公司還多出了許多現場錄影、租車、或是特殊婚禮的安排與服務等。當然啦！結婚是一輩子最重要的時刻了，拍張照紀念當然是有必要的，而且也可保有美好的回憶與倩影。不過也有人認為，誰能保證這次拍照是唯一的一次。現在離婚率那麼高，再婚的機會也隨著增加，拍第二次、第三次結婚不就是常有的事嗎？到頭來最大的獲利者恐怕還是婚紗業者囉！面對許多的論調，各位看倌們，你們採取哪一種說法呢？

　　不過對於女孩子來說，想拍婚紗不失為一個好的結婚理由。能踏入拍婚紗的一步，簡直就像晉升為公主階級般，想到就會偷笑呢！女孩子可以撒嬌般的口氣，極力爭取拍婚紗的特權，也可藉此機會提出結婚的請求。但相信我，男孩子是不喜歡拍婚紗照的，尤其得在臉上塗上厚厚的白粉，還得被攝影師壓著手腳，擺出幾乎令人抽筋的姿勢，這一招可得評估男友愛妳的程度囉！至於男孩子耍這一招，包準女孩子同意你的求婚，只要將拍婚紗照的餌垂在女孩面前，女孩不上鉤的機率是微乎其微。若是你們已經到了論及婚嫁的地步，只差臨門一腳的話，不妨就提議去拍拍婚紗，好實現女孩們的美夢吧！

長跑N年
×父母之命
＝結婚

要如何形容小鳳呢？雖非有傾國傾城的外貌，卻算的上中等美女。一頭長長秀髮披肩，不時還爲它們染上最時興的色彩，犀利的剪髮刀功使側髮悠然飄散於雙頰，剛好遮掩住過寬的臉龐，細緻白嫩的肌膚加上紅潤的櫻桃小嘴，穠纖合度的姣好身材，羨煞許多同年齡的女孩。整體來說，具有女性婀娜多姿的魅力，走在街上常常吸引男性注目的眼光。喜愛藝術的她，常常利用假日來一趟藝術之旅，欣賞各博物館所展出的主題藝術展，而平時自己也喜愛描描繪繪的，尤其鍾情於中國的山水畫，自然人也跟著散發出一股美感。

說起小鳳的擇偶對象，不外乎希望對方能跟藝術沾上邊，能夠有一技之長或特殊的藝術專才，如此才能有共同話題，戀情談來也較有意思。人家說物以類聚，也或許臭味相投吧！就在她二專那年認識了她現在的另一半。話說小鳳就讀某專科學校時，碰巧在同學的生日派對上，經由同學介紹認識了阿德。那天小鳳穿了一襲輕便的褲裝，黑色短袖襯衫胸前綴以數個圓形亮片，以簡單、俐落線條取勝，下則配上灰色系的寬版長褲，中性色彩的搭配看來理性有主見，頗能傳達小鳳個性的服裝。由於當天小鳳先行前往故宮欣賞莫內的畫作，時間掐的剛剛好，也就不需特地回家換裝。

　　來到同學小裕家門口，碰巧與阿德同時抵達，遠遠小鳳就撇見一個身材高姚、長相清秀，不時又以微笑示人的男子，心裡正好奇此人是否也是要參加生日party，果然一個箭步，阿德快了一個身影，紳士有禮地替小鳳開門。小鳳心裡正納悶這突如其來的好意，只想說這人大概比較熱心吧！挺有風度會爲女士服務，心裡便對他打了不錯的印象分數。兩人分別進入小裕家後，先跟小裕道喜，將禮物送上後，小裕一見兩人同行還以爲兩人早認識了，小鳳連忙解釋，而阿德倒是老神在在地不發一語。小裕替兩人互相介紹一番後，跟小鳳解釋說，原來阿德是小裕的國中學長，學校晚會也時常是阿德主辦，當年在校還頗爲活躍。阿德則謙虛表示：「沒那麼厲害啦！你不要過分抬舉我了。」跟著就你一言我一句的開起玩笑來了，小鳳看得出小裕與阿德友誼深厚，想想至少這個人不壞，雖然他外表看來不太老實。而小裕也對阿德說：「小鳳是一個氣質美女喔！喜愛藝術，本身也具有天份呢！」寒喧一番後，小裕便招呼其他朋友去了，留下阿德與小鳳。剛開始兩人不知如何對話，結果竟然同時開口想先說話，頓時兩人都楞了一下，不由得噗哧笑了出來，化解了尷尬的氣氛。阿德隨即靈機一動，詢問小鳳是否有意願一同用餐，小鳳點點頭後便一同前往用餐。

　　party裡兩人聊的愉快，彼此也留下不錯的印象，而緣分

似乎也悄悄在兩人間搭起了一座鵲橋。此後阿德採取主動攻勢，兩人時常相約一同出外看展覽、看劇團表演、阿德為了討好小鳳，也不時送小鳳自己做的美術作品。因為阿德從事美術設計，這巧合的職業安排，似乎冥冥之中也成了兩人共有的特質，讓小鳳心生羨慕，也對阿德更加有好感。不久，兩人便發展出一段刻骨銘心的愛情。轉眼間，阿德與小鳳也在一起七年了，人家說夫妻之間會有七年之癢，戀人間當然也會因交往時間久了產生倦怠感，就如同統計圖上的曲線般，戀情由開始低點的熱戀期逐漸轉為蜜月期，接著漸趨平緩的高原期，隨後又會出現起起伏伏的低潮期，愛情也因此更耐人尋味。若是雙方感情不夠堅定，很容易會因外力介入、或是因厭倦而分手。

　　阿德與小鳳兩家人平時極為熟稔，就如同一家人似，由於雙方父母年紀相仿，也發展出長輩間的情誼。平時兩人假日除了約會，偶爾也會到彼此家裡作客。小鳳二專畢業後，隨即參加夜大考試，開始了大學新鮮人的生活，大學裡同年齡的男性，看來不是顯的幼稚，就是無社會地位或經濟基礎，對小鳳來說誰也比不上阿德來得優秀。所以在大學期間，小鳳仍然天天與阿德膩在一起，其他的男孩小鳳可是怎麼看也看不上眼。轉眼間小鳳也如願的畢了業進入職場，雙方家長逼婚的壓力也年年增加，看在旁人眼裡小倆口早就像

老夫老妻一般，自然家長也希望兩人趕緊辦辦婚事，好了了
大家的心願。

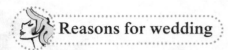

Reasons for wedding

　　其實很多時候，愛情走到盡頭不是昇華為親情就是接受分
手的命運，時常耳聞朋友提到某某人，跟交往了好幾年的男友
分手的消息，令人聽了不勝惋惜。當然分手的因素很多，就人
類自然定律來說，兩情相悅的佳偶終究是會步上婚姻之路，戀
愛交往只不過是愛情的過程，婚姻才是愛情甜美的果實，而有
情人終成眷屬也是大家樂觀其成的事。因此就如小鳳與阿德交
往的例子來說，雙方親人的關心也是必然的，結婚是需要一點
衝動，有時旁人的促擁會是結婚最好的動力。

　　情侶交往久了就如同橡皮鬆了，若是不善加經營，給愛情
注入些新鮮空氣或養分，再美的花也會枯萎、凋謝。而且在尚
未結婚之時，兩人間毫無約束力，提分手也是輕而易舉，反正
不高興就拍拍屁股走人！若以結婚為前提交往時，彼此有結婚
共識似乎就比較能長久，婚姻也因為有這張合約，讓雙方更有
責任心來對待對方。而雙方家長支持與否也佔了很重要的成
分，婚姻的確不只是單純兩人結合，更是兩家人關係互動的開
始，若是雙方家長全力促成，相信兩位新人不結婚也不行囉！

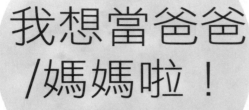

我想當爸爸
/媽媽啦！

　　小莉面對著電腦裡紫色、紅色的幾何圖形，一面心裡嘀咕著老闆真是沒良心，在假日前夕還把一堆的案子放在我桌上，簡直要我的小命嘛！到底要把我折磨成什麼德行他才夠本呢？正在咕噥時，正好一通電話進來了，鈴！鈴！鈴！小莉連忙接起電話：「喂，哪裡找？」，「喔，原來是建平呀！」此時電話那頭傳來的正是男友建平的聲音。建平說：「妳怎麼連我的聲音都認不出來呀？有心事嗎？」，小莉連忙回答：「這件事不適合現在聊，下班再說吧！」

　　原來小莉嚴格的摳門老闆還會仔細記錄電話錄音的內容呢！讓小莉防不勝防，只好趕緊說明並且與建平約了下班見面。這時老闆正巧從外面回來，還沒回自己辦公室就先連聲吩咐小莉，趕緊把案子交出來，下班前就要，若趕不出來就得加班製作，小莉還來不及為自己辯駁時，老闆早就已經不知去向了，氣得小莉火冒三丈。「這些案子怎麼可能在短時間就完成啦！根本不把人當人看待嘛！我不幹了！」聽到小莉發狂似的怒吼，同事秀珍連忙塞住小莉的嘴說，可別為了這件事跟老闆起爭執，聽說老闆今天被倒了一筆數目不小的會，隨時會火山爆發的，便規勸小莉還是快快完成工作吧！至於與建平的約會可能得取消了。小莉一想到現在經濟不景

氣，萬一丟了工作可不好過，還是忍耐求生存吧！於是，打了通電話給建平說要取消約會。建平知道原由後也應聲答應了，畢竟工作比較重要，雖然今天原本預計有重要的事要與小莉商量，不過也只能暫時隱忍不說了。

小莉與建平交往數年，兩人現在同居在一起，彼此坦誠相待，也視對方為未來相伴的對象。不過年屆而立之年的小莉非常想要擁有自己的小孩，每當在街頭看見可愛的小孩，都忍不住想逗逗他。看見朋友剛出生的小嬰兒，那般安詳又小巧的模樣，就忍不住想要多抱幾下，感受一下當母親的快樂。平常在嬰兒服專賣店前也會徘徊流連的她，看著一堆小孩的用品、玩具，真希望馬上就有屬於自己的小baby。雖然現在還沒有結婚的打算，但對於21世紀的年輕人來說，婚前性行為並不是什麼新鮮事，只是該保護的措施還是得做，若是雙方還未談妥結婚條件，婚前懷孕的意外總是一種困擾；更何況奉子成婚對於人格不成熟的年輕人來說，也形成另一種感情的裂縫、帶來更多社會問題。

小莉對於老闆的反覆無常感到無奈，但更主要的原因在於老闆的刁難與缺乏體諒員工的作為，使小莉非常反感，幾度有意辭職。建平也理解小莉的狀況，兩人溝通的結果，也決定讓小莉暫別職場，從工作的壓力抽離，讓自己輕鬆一下。兩人在此時便常常討論結婚的計畫，尤其對喜愛小孩的

小莉來說，自身年紀是一大考量重點，畢竟年輕生產對孕婦或小孩都較有保障，三十歲雖還未屬於高齡產婦的範圍，但聽說年紀大女性的卵子容易有問題，可能抵抗力較弱或是小孩不容易照顧，因此讓小莉更執著提前生小孩的決心，但生小孩又不是一個人所能決定的，小莉決定與建平商討，希望早一點當人家的媽媽。

　　這一天小莉懷著忐忑的心情，決定與建平攤牌，若是建平不答應自己的要求，那就不如分手算了。小莉決定軟硬施壓，於是這一天早上就先與建平約定回家吃晚飯，建平不疑有他，答應一定準時下班回家。而小莉可忙了，為了佈局完美的求婚環境，翻閱了各類食譜，決定了法式料理後便上街購買所需的食材，雖然小莉平時也會下廚燒幾道家常菜，但面對法國料理還真是頭痛，廚房裡有如經歷一場生死決鬥，燒焦的平底鍋、切碎的蔬菜散落一地、還有一塊塊焦黑的牛排，喔！My God！我放棄了，還是想想以簡單的餐點，來取代繁複的精緻美食吧！重點是營造浪漫的求婚環境才是。

　　當晚將餐點準備齊全，拿出一瓶2000年製造的波爾多紅酒，還點上收藏的精油蠟燭，音響裡迴盪著兩人初次相識合買的古典音樂，還穿起了捨不得穿的紅色連身洋裝，若隱若現的低胸剪裁設計，決定讓建平無所遁逃，連說NO的機會都沒有。建平一回到家就呆站在門前一句話也說不出來了。這

等浪漫的氣氛讓建平血脈賁張，並且感動不已……。但馬上冷靜思考一下，心想小莉不知哪根筋不對，平時她絕對不會作此打扮，一定有陰謀吧！我得小心應付才是。待兩人的燭光晚餐用畢，小莉鄭重的告訴建平說：「建平，我們交往的時間也不短了，我的年紀也不小了，雖然兩人在一起很愉快，但是總覺得缺少些什麼，你覺得呢？」建平一臉迷糊的望著小莉，實在不知她到底在想什麼？建平說：「小莉，到底缺少什麼呢？我怎麼一點感覺也沒有，妳就別嚇我了。」小莉心想男人怎麼都那麼豬頭呀！這樣講還不懂，好吧！那我就直說囉！「建平，我想要擁有自己的小孩，一個屬於自己的小孩，我年紀不小了，我不想當高齡產婦啦！你不覺得小孩很可愛嗎？活潑天真的模樣，還可以買一些小襪子、小鞋子的。」建平這時才豁然開朗：「原來妳在想這個呀！那妳這是在跟我求婚嗎？」小莉說：「反正這年頭誰求婚不都是一樣嗎？如果你也有跟我一樣的想法，那就答應我吧！」建平想想當爸爸的滋味不知如何？能夠擁有自己的家、老婆、小孩，是人生最幸福的事，該是踏入另一個人生階段的時候了，也就欣然答應小莉的請求。

Reasons for wedding

　　人類藉由生產延續生命，而懷孕的過程以及迎接新生命的到來，對夫妻來說都是一連串的驚奇，這是發自為人父母的真心告白。雖然這個世代存在著許多，抱持不婚主義或是拒絕生小孩的年輕人，也許是因為害怕承擔責任，也許是因為自私的想法，自己都顧不了了怎麼照顧好自己的小孩呢？的確，小孩的成長不只是生育的辛勞，如何教養出一個乖巧、善體人意、積極向上、功課棒棒的乖寶寶，卻是更讓人費盡心思的艱鉅任務，難怪有許多人逃避婚姻的束縛。然而，人生不過就這麼回事，找一個知心、通意的對象結婚，生幾個小孩享受當父母的樂趣及體驗生命的意義，當你人生進階到另一個層面時，你會發現自己存在的偉大意義，也能從中學習如何做個有擔當、有肩膀的依靠，享受另一種更甜蜜的成就。

不確定的
未來，我們
一起走

　　凌凌發覺自己似乎得了憂鬱症，每天被工作壓的喘不過氣，又得時時刻刻被家人提醒婚姻大事，一下子又是被社會情勢給逼得緊繃起來，不知不覺將所有的壓力一股腦兒往自己身上攬，凌凌歪著頭苦惱著說：「妳說，這個世界雖然沒有戰爭，卻比戰爭還痛苦，這些無形的壓力，難怪患有憂鬱症的人愈來愈多，要不就是精神躁鬱症，反正文明病一大堆，若不好好調劑一番，可能就會變成他們的一份子了。妳說對不對？」瑤瑤說：「姐！妳就別庸人自擾了，明明跟司賢哥感情好得令人嫉妒，現在又說這話，妳乾脆結婚嫁出去算了，真是煩人耶！」凌凌說：「吼！妳嫌我煩呀！爸媽都沒說話，妳還真愛管閒事耶！不過，妳倒提醒了我，好像也該考慮結婚了。每天擔心這、擔心那的，不如早點結婚，跟司賢在一起也比較有安全感，現在的我就好像快被這世界淹沒了，若是不快沖沖喜，我可能就要瘋掉的。」瑤瑤說：「沖妳的頭啦！姐！妳實際一點吧，司賢哥那麼愛妳，我想他一定會很想把妳娶回家，在這世紀初來一場世紀婚禮，超酷的唷！」

　　隔天，司賢約了凌凌去一家網路上介紹，排名前幾名的餐廳吃飯。發掘美味餐廳是兩人共同的興趣之一，按照慣例兩人又開始當起美味評審，對於店內裝潢、菜色排盤、口

味、口感、以及服務品質打起分數來，完全沉浸在假扮評審的角色當中。滿意的收起筆記本，品嚐過美食後，司賢突然握住凌凌的雙手說：「凌凌，嫁給我吧！我不希望失去妳，我難得能找到個性、興趣那麼相投的女孩，我希望能早一步享受兩人世界的生活。」凌凌感動地眼眶泛淚，她說：「其實我也想跟你告白，我真的很想跟你在一起直到永遠，現在經濟不景氣、全世界又處於緊繃的狀況，我也希望能早一點跟你共組家庭，一起努力。」

另外一個真實的案例：

這一天兩人坐在沙發上，看著電視裡新聞播報，布希政府即將攻打阿富汗，生擒賓拉登的消息，主人翁美瑞琳心裡焦急萬分，原因是她任職職業軍人的男友詹姆士，也即將擔負前線的重任，赴伊拉克作戰。面對這樣的消息，身為國家的一份子，也只能無條件接受這危險的任務。但美瑞琳實在不願意這一天真的到來，看著心愛的人遠離自己，而將生命送給國家，讓美瑞琳不但哀傷也相當困擾。雖然雙方還未經由正式結婚的方式宣告兩人的結合，但儼然如一般夫妻的生活方式，讓美瑞琳也極想擁有自己的小孩，替詹姆士傳宗接代。於是兩人協議，將詹姆士的精子留下，若是真有個三長兩短，美瑞琳還可以利用手術，讓自己懷上詹姆士的小孩，完成兩人的心願，使詹姆士的家族能夠延續下去。

不 確 定 的 未 來 我 們 一 起 走

　　這是一個真實的事件，其中也透露出現代人，對於環境變遷所產生不同的想法，由於醫學科技進步，使許多想法逐漸實現。很多人在面臨世紀交替時，更希望能夠趕緊成家、立業，讓自己無後顧之憂，前幾年還一直傳出世界末日到來的恐怖謠言，這也間接促成許多對佳偶，在世紀交替時步上結婚禮堂，與另一半長相廝守，所謂的世紀末婚禮顯得更有紀念價值。

Reasons for wedding

　　美國911的恐怖行動，讓全世界都為之震驚，突如其來的大爆炸，不知炸碎了多少家庭未來的希望，可能其中就有即將結婚的伴侶因此喪身了。而這樣的悲劇似乎不論何時、何地都會不斷的上演著，不只是人禍，還有天災呢！台灣又何嘗不是呢？幾年前的921地震，難以估計的傷心人以及遭遇災難的家屬們，即使哭乾了眼淚，也喚不回親人的生命。再加上目前世界大老對恐怖分子採取軍事攻擊，身為地球村一份子的我們，除了接受事實外，也只能祈求如何保身的方法。老一輩的長者或許經歷過戰爭摧殘，歷經與家人流離失所的痛苦，然而被稱為X、Y或E世代的小孩，很難體會其中的困苦及哀傷，及時行樂成了他們共同的理念，這樣的浪潮所興起的，或許能將人與現

實拉近一些，因不知何時又會失去最摯愛的東西或親人。能夠把握當下，就能讓自己不後悔，因此藉由這樣的時代背景，趕緊跟您心愛的另一半求婚吧！能夠相識、相愛進而相許為一家人，是何等的難得呀！讓這樣甜蜜的幸福及早降臨吧！千萬別做讓自己後悔的事，想求婚的儘管求婚、想結婚的也趁早結婚、想生子的也加把勁吧！何必再等了呢？難道到要等到白頭髮跑出來嗎？還是哪天另一半離你而去呢？

　　如何享受眼前的幸福，應該是大家共同的目標。人家說，不論有錢沒錢，娶個老婆好過年。有錢也得結婚，沒錢也結婚，有錢，用有錢的方式來結婚，沒錢，也可以採取沒錢的方式結婚，反正都是兩廂情願，至於採用什麼方式結婚都無所謂了。現代人結婚反而喜歡出怪招，越能代表兩人相戀、或興趣的結婚方式，反而更具意義。比方說有跳傘結婚、潛水結婚、裸體結婚等等，所以也就不拘泥於傳統的迎親，或是教堂式的婚禮了。時代轉變，人們的思想也會轉變，有很多適婚男女採取晚婚或不婚策略，當然有些情非得已的因素，但面對時代的更迭，結婚也許是條可以考慮的道路吧！

你是我
生命中的
光彩

憨厚的小康，有著厚實的肩膀眺高的個子，遺傳自父親北方人的身材，對女孩子來說，絕對稱得上保鑣型可依靠的身材。不過腦筋就是轉的慢，想法就是直線條，不懂得跟人拐彎抹角，初中唸完就沒再繼續升學，還好在味覺方面頗為靈敏，於是父親央求朋友介紹，讓他在一家餐廳當學徒。由於小康認真負責的態度，師父們對他也不吝於教導，對於切工、煎、煮、炒、炸他樣樣精通，很快的師父們就讓小康獨挑大樑了。小康在這家餐廳裡，每天雖然勤奮的學習，但是能夠讓他安安穩穩的待在廚房工作，其實也是因為他很欣賞一起工作的一位女侍——小蘭。天天上工最開心的，莫過於能看到心愛的小蘭，只要一見到她燦爛的笑容，即使前一晚有任何不開心的事，或是工作疲倦，也會被拋到九霄雲外。

小蘭來自中台灣的一個小鎮，小巧可人、眼睛靈活的轉呀轉的，是一個極為聰明又乖巧的鄉下女孩。第一天來工作，小康就注意到她，對於老闆交代的工作如時做完外，還會到廚房幫幫師父做些雜工，常常也成了廚房大廚們的開心果。而小康總是躲在一旁，小心翼翼的不敢正視小蘭，生怕驚嚇到她，只能默默的做著單相思的夢。由於小康家中並無姊妹，從小就跟三個兄弟，打打鬧鬧的每天玩在一塊兒，對

於女孩子他就是不夠開竅，連說句話都結結巴巴的說不完整。不過日子久了，同事們也漸漸看出端倪，原來小康對小蘭很有好感，只是羞於啟齒，總是在一旁遠遠的看著她。小康在同事眼中是個好好先生，也可說是個爛好人，只要是大家要求的事，他一定會幫忙。有一回假日，原本輪到小康休假，但同為廚師的小陳，因為女友臨時變故，要小陳務必趕到她家否則就要鬧分手，於是小陳只好拜託小康幫忙代班，但那一天小康原本已答應家人要回老家，但又拒絕不了小陳的請求，只好代班沒法兒回家探親了。

　　秋天的一個晚上，由於小康與小蘭都住在餐廳所提供的宿舍，碰巧兩人當天都休假，小康見小蘭休假，興起邀約小蘭看場電影的念頭，但實在沒勇氣說出口。小康左徘徊、右周旋的，就是走不到小蘭的房門口，眼見天色已暗，只好後悔的待在房內枯坐了一天。正懊惱自己怎麼這麼沒用，意興闌珊想早早就寢時，沒想到突然聽見小蘭的房間傳出求救的聲音。於是小康二話不說趕忙衝到小蘭房門口，卻見到小蘭倒臥在地，全身抽搐著，痛苦不堪。小蘭聲音虛弱的表示肚子很痛，但依照位置來看肯定是盲腸炎了，小康二話不說馬上抱起小蘭直奔醫院。經過醫院一番治療後，小蘭被送往一般病房休息，而此時的小康一面焦急的聯絡老闆，一面又隨侍在小蘭身旁，直到小蘭清醒。

　　經過了這一次的事件，小康與小蘭也變成了好友，人家說近水樓臺先得月嘛！小康不再羞於跟小蘭談話，兩人也漸漸成了無話不談的朋友。小蘭打從心裡知道小康是老實人，也算是自己的救命恩人，在心中除了感激外，也漸漸被老實的小康感動。小康不時會送上自己研究的新菜色，或是帶小蘭上不同料理的餐廳品味美食，偶爾兩人也會一同出遊。平常上班時間，小康若是受到其他同事的消遣，小蘭絕對會幫忙應付，小康的一切有了小蘭細心的照料，變的更有條理。在小蘭的鼓勵下，小康積極的拿到了高中文憑，整個人也變得更有自信。而在不知不覺中兩人也開始交往。

　　對小蘭來說，她雖然個子嬌小，卻擁有一個上進且不服輸的個性，當年來到台北討生活，也是憑著自己的一股傻勁，以及堅強的毅力，接受社會無情的磨練。面對憨厚的小康，她心生憐憫、愛惜的情愫，希望能照顧這一個老實人。因此凡事都替他打點的相當周到，讓小康覺得生命裡已經不能缺少這位賢內助。不過，一直讓小康耿耿於懷的是，不知自己可否給小蘭幸福的生活，所以也遲遲未向小蘭求婚，怕小蘭會嫌棄他。有時同事們會起鬨般的詢問兩人的佳期，但小康總是不發一語，小蘭於是試著向小康尋求答案。小康將心中的想法告訴小蘭，小蘭甜蜜又無奈的笑說：「我一點也不會看不起你的，你那麼認真、負責的做事，工作態度好，

為人又忠厚老實，我相信你一定會給我幸福的。」小康放下
心中大石說：「小蘭，我終於知道妳的心意了，我真怕妳不
答應呢！若是妳不嫁給我，我恐怕真的活不下去了。」

Reasons for wedding

　　姻緣天注定，夫妻總是因為個性的互補或相似，才會互相
吸引，進而相處及結合。彼此互相扶持，邁向更高的山峰，創
造家庭更大的幸福，是必須一同努力的方向。男人若是能得到
賢內助，就能在事業上全力衝刺，無後顧之憂。很多男人娶了
妻子，除了工作上的事業，很多大大小小的事都依賴妻子去
做，還未結婚前依賴老媽，結了婚就一切靠妻子了。而且在心
靈上也需要另外一半的打氣與扶持，兩人彼此激勵，也一同享
受生命。所以，若是希望你心愛的人答應與你一起白頭偕老，
不妨使出苦肉計吧！表現出對方在自己心裡崇高地位，生命裡
缺少不了對方，若是失去對方絕對活不下去的決心，相信必定
能達成結婚的目標。

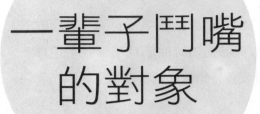

一輩子鬥嘴的對象

　　小安坐在書桌前看著她跟杰生出遊的合照，不禁流著淚獨自啜泣著。小安的姐姐剛洗完澡出來，一走進房就見到小安難過的神情，連忙上前安慰一番：「小安，妳怎麼哭啦！誰欺負妳了呢？跟杰生吵架了嗎？」小安紅著眼，不停抽取著面紙擦拭眼淚說：「姐，為什麼杰生常跟我吵架呢？是我們不適合交往嗎？雖然最後他都會跟我道歉，但是我發現我們的理念很不相同耶！」姐姐嘆了口氣說：「唉！男女朋友吵架總是難免的，爸媽還不是一天到晚吵個不停，人家說『床頭吵床尾合』何必太在意呢？吵架也會有原因吧！說來讓我幫妳分析一下吧！」

　　小安擦了擦眼淚說：「今天約會時，我突然興起拿他手機查看通話紀錄，結果發現一個陌生的號碼，而且通話次數很多，我想偷偷確定對方是何許人，於是撥了號碼過去，結果呀！對方是個女的，還緊張兮兮的問我是誰，我當然沒告訴她呀！只說打錯電話罷了。我耐不住性子，問了杰生對方是誰，他卻說只是一個客戶，我直覺不是，於是又吵架了，真是氣死我了啦！」姐姐說：「那妳是懷疑他囉？結果呢？」小安嘟著嘴說：「我是懷疑他呀！但他矢口否認，我也沒辦法，我覺得他沒老實跟我說。」姐姐搖搖頭說：「我認為他不說應該是有原因的，或許他並不想困擾妳，或許是別人暗

戀他。總之這種事，真的多一事不如少一事的好，況且，男人若有二心，妳還沒發現時，他早就落跑不見了。」小安緊縮著眉頭說：「希望如此，我只希望彼此交往是透明化的嘛！我對他坦誠，當然也會希望他凡事與我商量呀！就算有暗戀他的人，我也希望能知道原委，陪他一起解決而不是像個局外人一樣。」姐姐說：「男人也是有隱私的，他也需要有私人空間呀！況且讓妳知道，不曉得又會起什麼暴風雨了，多給他一點時間，女人也別老是一哭、二鬧、三上吊的，想開點吧！」小安歪著頭回答：「姐，妳說的沒錯，我不會再苦苦相逼了，不過，我還是要他主動跟我道歉，我才不要低頭認錯呢！」姐姐語帶恐嚇的說：「妳的大小姐脾氣再不改改，小心被拋棄呀！都是妳無理取鬧，還那麼在乎面子問題。」小安任性的說：「不管啦！這是我們相處模式啦！妳等著看好了。」姐姐完全投降地說：「哇！看來杰生被妳吃的死死的。好！妳開心就好！」

　　果然，隔天就看見杰生帶束玫瑰花登門道歉，姐姐原本想充當和事佬讓兩人趕緊和好，不過小安使個眼色讓姐姐離開，姐姐也想替杰生保留點男人尊嚴，於是決定讓兩人自己解決。杰生將花束送到小安面前，降低姿態的跟小安賠罪說：「小安別生氣了吧！看在這麼美的花上，饒了我吧！那電話號碼只是個女客戶，最近常有業務往來，所以通話次數

多了，一方面我不想得罪人家，一方面我也不認為她是我們之間的問題，所以才沒有告訴妳。」小安一改從前潑婦罵街的語調說：「我也不想跟你吵架呀！我只是希望能參與你的一切，即使是無關緊要的細節。你能了解我的心意嗎？」杰生鬆了口氣回答說：「謝謝妳的寬宏大量囉！原來妳這麼關心我，我真是全天下最幸福的男人！妳就別生氣了，以後我的事就是妳的事好嗎？對了，小安，今天來其實還有另外一個目的。」小安瞪著杰生問：「還有什麼重要的事嗎？瞧你慎重的。」杰生有點緊張眨著眼說：「其實，今天來有一個超重要的目的，攸關我一輩子幸福喔！那就是我希望妳可以答應我的求婚。」小安被這突如其來的求婚給嚇了一跳，杰生接著說：「能娶到妳一定是我今生最大的幸福了，小安，雖然我們時常吵架，但我知道那是我們溝通的一種方式，不是嗎？經過吵架的方式也讓我們更了解彼此，妳願意成為我一輩子鬥嘴的對象嗎？」小安低著頭說：「好吧，你這吵架大王。一天不跟你鬥嘴好像渾身不自在似的。」

　　姐姐躲在房裡，一聽見兩人決定結婚的喜訊，趕緊出來跟兩人道喜，姐姐說：「真服了你們了，這樣吵也吵出一段姻緣呀！偶爾吵吵無傷大雅，可別三天一小吵、五天一大吵的！恭喜你們！」

 **Reasons for wedding**

　　男女朋友甚至夫妻吵架的原因無奇不有，小至芝麻綠豆的因素，也會成為爭吵的導火線，更有可能成為分手或離婚的間接理由。有時看見吵架的情侶，在大街上也公然吵起來，完全不顧自我的顏面，只不過讓路過的人們看笑話罷了，誰也不知你們吵架原因是什麼，彼此爭得面紅耳赤的又有何意義呢？吵架必須吵出關鍵，對事不對人，也要避免做人身攻擊。這樣才能維繫彼此的感情，不因吵架而損傷對方。而猜忌、懷疑都只是傷害感情的無聊想法，若是真愛對方，應該百分百的信任，若真有疑問也應該坦然的溝通，將彼此的心結、疑慮一次搞清楚，過多的猜忌非但不能解決問題，也只是加深彼此的嫌隙，一但累積過多的不信任感，任意一件細微的小事，都會將脆弱的感情粉碎。原本幸福的感情卻因此而遭受無情的摧毀，豈不是太不值得了。

　　吵架若是純粹溝通想法，倒不失為一種好的溝通模式，至少能了解對方的想法，將心裡的想法說出，總比悶在心裡來的好，之後再尋求如何折衷雙方的想法及做法，以期達到更佳的解決方式。而且許多夫妻也是靠吵架培養默契的，有時吵架也能解除無聊、培養感情，你相信嗎？

環遊世界，
要你相伴

從事服裝配件銷售的Eva是個擅長與人交際、善解人意的女孩，烏黑的長髮加上丹鳳眼，是典型的中國臉，加上自然黝黑皮膚，十足摩登的外型，常會引人注目。因工作關係時常接觸服裝界的人物，也時常穿梭於大小的服裝秀，平時類似的party或晚宴，Eva絕對準時出席，也藉此累積相關人脈及工作經驗，稱得上是個上進又有事業心的女孩。一次難得的休假，Eva跟幾個閨中密友相約到英國旅遊，幾個大女孩一同出遊，為放鬆心情出國散心，順道也可發揮幾個閃靈刷手的好功夫，大肆瘋狂購物一番，解除長期工作的壓力及疲累。聽說，到該品牌的原產地購買最便宜，即使逛上好幾個小時也不吭氣，要說逛街是放鬆自己，相信許多男人會百思不得其解吧！而這一趟購物之旅，對Eva來說卻意外的成了異國戀情的主角，她也因緣際會的邂逅了強生。

當年強生父母舉家移民至英國，一定居便二十多年，強生是道地的英籍華裔，雖然從小接受英國文化的薰陶，強生父母卻無時無刻不親自教導他中國的文化、禮節，為了強生的未來，多國語言的能力也是勢在必行的。除了中國文字使用能力外，舉凡文學精髓、歷史考究以及為人處世的原則，父母用心程度不在話下，當然強生也沒辜負父母的期望，自

小功課極佳再加上多國語言的能力，讓他進入職場成了多方挖角的熱門人選。這一天Eva和幾個朋友來到倫敦市中心，馬上就被異國風景所吸引，除了參觀幾個熱門景點外，也跟著外國人在露天的咖啡廳裡歇腳，看著人潮熙攘的街頭，捧著熱呼呼的香醇咖啡，與三五好友閒話家常，彷彿時間凝結在空氣中，悠閒的生活真讓人羨慕。

　　幾個人正開心的享受悠閒時光時，遠遠一個中國女孩走向前來，大夥頭上正冒出幾個問號時，好友Iren突然大叫起來說：「表姊妳終於來啦！各位，各位，我來跟妳們介紹一下，這是我在英國唸書的表姊啦！」表姐Mary接著說：「對呀！這死丫頭也沒告訴我妳們的行程，害我急得半死，好在阿姨給了我妳的行程表，否則我也找不到妳呀！對了，跟各位介紹一下，我身旁的這位紳士叫做強生，別誤會，他是我的同學啦，目前還沒女友喔！帥吧！」哇！幾個女生飢渴的直瞪著強生看，不過這時大家卻突然發現他的眼光全投注在某人身上，原來是Eva呀！幾個女孩一面起鬨，一面讓強生加入他們的話題，而Eva則在一旁害羞的笑著。這時Iren突然帶頭開起強生玩笑，並且嚷著要強生當導遊，好好帶著他們逛逛英國，強生定過神後便說：「妳們這一趟難得來英國，我可以帶妳們玩些只有英國才有的地方，順道再吃吃英國的美食，妳們意下如何呀？」這幾個女孩毫不客氣的一口答應，

更拱著強生說要不醉不歸。

　　遊玩的途中強生像一頭目標明確的黑豹，積極的追求並且極力討好Eva，讓Eva驚喜萬分。尤其在異國浪漫的氛圍中，要陷入愛情的漩渦中可說是輕而易舉的事，Eva也大方接受強生的愛情追求，其他女孩簡直羨慕到不行，大夥也都相當識相的將兩人送作堆。強生帶著一群女孩來到倫敦鐵橋前，強生說：「我很喜歡旅行，我爸媽也說過行萬里路勝讀萬卷書，生活上的人事物，必須靠親身體驗才知箇中滋味，這樣的收穫是最珍貴也最真實的，我立志先將生長的英國遊遍，將來有機會則希望能將世界遊一遍，多多了解我們生存的地球。」Eva附和著說：「沒錯，很多事是書上學不到的，能夠環遊世界也是我的夢想呢！我也希望這一天能快快到來，能在有生之年將我的足跡踏遍全世界囉！」短短的十幾天旅程，每個女孩都心滿意足的踏上歸途，就好像買到了心愛的芭比娃娃，只不過幸運的Eva又抽到一個免費的肯尼。

　　十幾天不算短的旅程，但對於剛冒出的愛情幼苗，正是需要細心好好栽培的時刻，不過即使不捨也得回歸現實呀！朝夕相處讓兩人感情溫度迅速攀升，到了機場離別情依依，兩人似乎有訴不盡的情衷，但分別的時間又迫在眉睫，再過幾分鐘就得隔著大西洋兩地相思了。把握住最後時間，彼此互留聯絡方式後，一夥人互相道別，Iren看這對情侶好像有點

放不開，乾脆帶頭與表姊擁抱並且吻頰道別，其他人也如法炮製。這會兒強生鼓起勇氣擁住Eva，深深的吻了她，一旁的友人趕緊將話題遷開，上廁所的上廁所，買紀念品的也往旁邊一站，頓時待機室裡似乎就只剩下強生和Eva兩人了。強生在Eva耳邊說：「希望將來能與妳一起暢遊全世界。」

Reasons for wedding

　　環遊世界是一個大夢想、一個不簡單的夢想，除了得有體力外，也得有金錢支持。能夠與心愛的人一同體驗世界不同的文化，相信是一件有意義的活動，人生在世，除了賺錢養活自己外，有了家庭當然也得負擔家計，但時常就被這些家計或金錢的貸款壓的喘不過氣，很少人還有閒情逸致想出國散心。更何況很多人將出國散心，只當做換個時空睡覺或逛街的方式，這樣的旅遊似乎就有點浪費了，既然到了異國就得對當地多些領悟，不同國家的文化有時差異極大，體驗不同的風俗民情也是累積人生閱歷最好的方式！與心愛的另一半相約從事有意義的活動，不論事件的目的為何，只要是彼此共同的興趣，都能增進雙方的感情，也有共同成長的機會。人是必須不斷學習、再進步的，讓自己的視野開闊、心也會跟著豁然開朗。

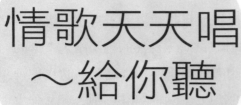

情歌天天唱
～給你聽

「你從不知道，我想做的不只是朋友……」茱蒂深情的唱著顧客點的歌曲，一面彈著自己隨身攜帶的電子琴，一面還得以最佳的歌喉唱出醉人的歌聲。這年頭錢真難賺，等到茱蒂輪班的一個半小時結束後，她還得趕場到下一個民歌餐廳，這時餐廳老闆叫住了茱蒂說：「啊！茱蒂呀！今天辛苦啦！看妳今天氣色不太好，沒事吧！」茱蒂趕忙整理自己的隨身物說：「沒事啦！只不過最近喔，拼了命的接工作希望多賺點錢。我母親的身體也不太好，所以可能太操勞了，休息一下就好了，謝謝您的關心了。喔！對了，老闆，這個月的薪水是不是可以先給我呢？我下星期可能會請個假，因為得去軍營探望我小弟，他剛入伍我怕他寂寞，總得有個人去看看他。」老闆說：「這我能了解。待會兒我叫會計算給妳薪水，另外還有件事我想跟妳提，這件事對妳應該有幫助的。」茱蒂急著想知道：「老闆，什麼事這麼神秘，快說啦！別賣關子了，急死我了。」老闆笑著說：「昨天來了個唱片公司的製作人喔！他在台下聽妳唱歌好幾天了，他希望能跟妳當面談談，他給了我名片請妳跟他聯絡，說不定會有出唱片的機會喔！」茱蒂開心的說：「是嗎？我會再跟他聯絡的，他都什麼時候來聽歌呢？」老闆想想說：「他都星期二來聽妳的歌，下星期二妳可以早

點來吧!」茱蒂興奮的回答說:「好的,我也等不及要跟他見面了。謝謝您喔!那我得趕場了。」

到了茱蒂值班的時間,茱蒂一進餐廳就急忙跟老闆探聽對方是否已經到了,只見老闆指了指中間座位的那位男子說:「就是那個男人呀!妳還是先把今天的演唱工作完成,等會兒他會留下跟妳詳談出唱片的事情,盡量表現妳的優點,知道嗎?」茱蒂看了看這位製作人,端正的容顏、戴副深綠色眼鏡,斯斯文文的還真有點音樂氣息。心裡想著:「或許這人真的會是自己的貴人!」頓時心中升起了一股莫名的緊張。

茱蒂按照慣例將琴擺好,先跟台下的客人說些開場白的招呼語,有些熟客也禮貌的向茱蒂招招手,茱蒂便開始今天的演唱工作。茱蒂的忠實聽眾的確不少,在這種非假日時間,還能有三五桌的顧客專程來聽茱蒂唱歌,對民歌手來說受到的鼓舞不比正式歌手來的少,而透過這些管道出唱片、當歌手的人也不在少數。希望自己的才華受注意,也希望能因此飛上枝頭。

茱蒂心中雖然緊張但也比平常更賣力地演出,憑藉多年的演唱經驗,台風穩健、親和力強,容易跟台下的聽眾打成一片,讓來聽歌的客人很有參與感,這是一般演唱者不容易表現的一面。茱蒂演唱的時間過了,製作人便與茱蒂正式見

面，製作人說：「您好，我叫漢成，是唱片公司的製作人，我對妳的聲音很有興趣，如果妳有興趣可以到我們公司錄個音。條件不錯的話我們可以考慮出唱片。我瞧妳演唱時的專注與熱忱，我相信妳應該會有這樣的企圖心。」茱蒂開心笑的闔不攏嘴：「我當然願意過去試音，希望您可以給我機會。」於是，經過漢成的測試，決定先接受一年多的歌唱磨練，以及舞台、肢體、舞蹈的魔鬼訓練。茱蒂可說完全地脫胎換骨，彷彿換了一個人似的，人也變的更有魅力。唱片銷售狀況良好、由於茱蒂本身條件不錯，公司也陸續為她接拍許多廣告、產品代言，名聲如日中天。而在茱蒂心裡，除了開心面對如此的成就外，她最感謝的就是她的伯樂——漢成。

漢成不但指導她在音樂上的技巧，私底下對她也特別照顧，連公司同事都有意無意的傳出兩人有誹聞的消息。茱蒂確實對漢成很有好感，而漢成雖不明白表示，卻也處處表示關心並關注茱蒂的一舉一動。日子一久，很容易便發展出超友誼的關係，茱蒂是一個開朗且直率的女孩，雖然家境不算富裕，卻很懂得惜福、知足的道理。漢成也就是喜歡她這一點，與茱蒂一起沒有壓力，因為兩人有共同的音樂喜好，常常有機會湊在一起討論新的歌曲曲風，或是磨練創作的實力，漸漸地不但默契越來越好，感情也越融洽。面對這樣難得的女孩，漢成其實很想把握，但娛樂圈總是蜚短流長，為

139

了不影響茱蒂好不容易建立的事業，兩人也很有默契的絕口不提。茱蒂是個體貼的女孩，她也覺得漢成是個可依靠的男人，既然在乎對方就必須讓他知道，財富、名譽都是外在的附加價值，真正存在的是一顆善良、純正的心。

茱蒂認為應該給漢成一個承諾，感情順勢發展也到了恰當的時機，茱蒂趁一個工作機會，錄音室裡只剩下她與漢成時，她透過麥克風說出了壓抑已久的情感：「我希望能天天唱情歌給你聽。」漢成以為錄音出了什麼問題，但仔細一聽是茱蒂傳來的話語，漢成依舊戴著他墨綠色的眼鏡，嘴角揚起一抹甜蜜的微笑，他對茱蒂做出勝利的手勢，因為他們的心靈相通，一切盡在不言中。

Reasons for wedding

愛一個人其實不需什麼理由，默契總在一個眼神、動作或微笑裡完成，擁有共同興趣、休閒活動相當重要，彼此的喜好也會影響一對佳偶的持久性。透過默契的培養，建立更堅固的感情基礎，就不怕遙遠距離或分別的時間摧毀感情。愛一個人可以讓人更積極地學會任何事，也會為對方付出完全的自己，投其所好讓對方開心，這也無可厚非，為感情完全投入沒有怨言，對每一段感情付出真實的自己，也是對自己認真的表現，

培養共同的興趣可以帶來歡愉,以及分享其中的喜樂,否則一個狂愛戶外活動,另一個則視曬太陽為畏途的情侶,如何讓感情持續加溫呢?

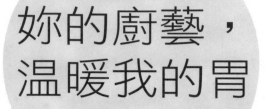

妳的廚藝，
溫暖我的胃

「那我們就約下星期五進棚拍照喔！」
對方說，「沒問題，謝謝您了。」小娟開心
的回答。這時德安在吧台一旁，啜飲著小寬
肚型酒杯裡溫熱的清酒。藉著微醺的酒意說
「老闆娘呀！妳真是生意越做越大啦！還有
媒體爭相邀約上雜誌呢！」小娟笑笑說：「哪有呀！只不過
大家賞碗飯吃，更何況有媒體的介紹，也更證明我的手藝被
大家認可，有人愛吃我做的東西，我才有做下去的動力，你
說是嗎？」德安嘴角微揚，似乎也頗為小娟開心表示：「小
娟，妳能將事業做的有聲有色當然很讓人開心呀！不過也得
多多關心自己的身體，可別累壞身子了。」小娟突然覺得一
股暖意爬上心頭，畢竟跟德安認識也不是一兩年的事了，他
是店裡的常客，偶爾也會邀三五好友來給小娟捧場，或是一
個人跑來喝喝小酒，就跟一般的客人一樣，點些下酒菜一個
人獨自喝著，小娟也時常陪同德安喝酒，一起聊聊天、談談
心，有時德安打開心扉時，也跟小娟聊著內心深處的苦悶，
小娟除了視德安為忠實的顧客外，也毫無防備的與他成了莫
逆之交。

　　經營日本料理的小娟，憑藉從前曾赴日本研習，從傳統
的日本師父那兒學得了日式料理，不論是懷石料理的精緻擺
盤、煮物、天婦羅、或是燒烤、小菜類等也都相當拿手。時

常有客人提議小娟開發些外帶的食物，讓其他上班族也可以一嚐美食。小小的店面卻充滿小娟的個人風格，靠著熟客口耳相傳的功夫，讓這間小小的居酒屋，生意維持的還不錯。這天德安一如往常的在下班時間來到小娟的店，手裡卻捧著一大束火紅的新鮮玫瑰花，金色的蕾絲緞帶繫著金色的縐折包裝紙，兩相搭配讓人覺得高雅而不落不俗套。陣陣的玫瑰花香撲鼻而來，眼前的玫瑰花陣讓小娟感到有點暈眩，德安一進門便向小娟道聲：「生日快樂！」

「哇！我的生日嗎？」小娟驚訝的說。這舉動的確讓小娟錯愕，因為她從來也不曾有過生日，從小到大因家境清貧，家人也不曾過生日，尤其到了生日的時候，還得故意找藉口讓自己忘了這重要的日子，不是故意在街頭閒逛、就是早早睡覺讓時間快速轉過。這束玫瑰花的確讓小娟驚訝的說不出話，眼淚也不由自主在眼眶中滾動，德安就像觸碰了小娟內心深處一直深鎖著的寶盒，突破了小娟的心防。德安也沒料到小娟的反應會如此激烈，於是鼓起勇氣對小娟表達自己的心意，他耐住心中的熱情說：「小娟，嗯……我自從認識妳以來，嗯……就對妳情有獨鍾，希望妳能接受我，跟我交往吧！」小娟雖然沒料到事情發展會有如此的結果，但是他對德安印象一直不錯，也不排斥與他交往，更何況德安的鮮花攻勢確實奏效，小娟塵封已久的心也頓時被開啟。她開心的

144

表示願意與德安交往。

　　沒過多久，由於兩人年紀不輕，深覺時間寶貴應該把握住光陰，與對方相守並縮短距離，於是決定步上紅毯。德安答應小娟保留店面繼續經營，畢竟這不單是一項興趣，也是一種成就，婚後兩人將餐廳當作自家的飯廳，德安一如往常下班到店裡吃飯，而小娟仍然扮演德安的女主角，就像對待自己的顧客般，拿出最好的時鮮給德安品嚐。她也時常與德安聊聊今天發生的事，自己又發明了新口味的菜餚，而德安也會邊吃飯邊聊工作的遭遇，因為這樣的交往模式或者說溝通模式，是最輕鬆、自然又最貼近內心的方式。等關店後兩人再一同回家，你猜德安求婚理由是啥？就是「我希望每天都能吃到妳燒的菜，因為吃了妳親手燒的菜，不但嘴裡很滿足，這裡也暖烘烘地。」德安用手摸著自己的胸前表示。這樣深情的表達讓小娟也為他的真誠所感動。

Reasons for wedding

　　通常家裡的煮飯工作是老婆專任的，當然有些家庭則是丈夫掌廚，不論是哪一方下廚，至少共組家庭都應該彼此分擔家務。女人要捉住先生的心，首先得捉住他的胃，烹調一桌美食絕對能討好先生的心，一般男人下班後回到家已經疲憊不堪

　　了，這時做妻子的若能為他準備好美味佳餚，不但是慰勞先生的辛勞，也能讓先生感到家庭的溫馨。女性婚後繼續留在職場的例子不少，下班後也是相當勞累，若是夫妻倆人能輪流下下廚，學習烹調食物，兩人共享晚餐，也是提升彼此感情的最佳時機。一同享用晚餐，也可趁機了解對方當天的狀況，一同分享自己一天的遭遇，即使是一點點的小事也能成為話題。

　　當另一半想安定成家時，身為女人／男人的你，即使從沒下過廚，或者完全是烹飪白痴，也可以買幾本食譜在家慢慢研究。把每一次煮菜的機會當作實驗，因為你已經有一位自願的試吃者，那就是未來的另一半囉！所以盡量嘗試吧！在錯誤中求精進，多做幾次絕對能拿捏出其中的份量，配菜的訣竅或是切菜的刀工也會越磨越利的，偶爾的刀傷才是代表成功的痕跡！而且讓食譜中的食物真實呈現，也是工作之外的另一種成就感。尤其是另一半因為吃了食物而露出的笑容或是簡單的讚賞，對自己都是一種最貼心的回饋。況且在家做菜既符合衛生又能滿足自己的味蕾，想吃什麼就吃什麼，偶爾朋友來家聚會，倒可趁機秀秀自己努力多時的成果，讓朋友分享你苦練的甜蜜果實。居家料理也較能無拘無束的暢飲，即使喝多了也無所謂。能吃到另一半親自料理的食物是一種幸福，菜裡面不只可攝取充足的營養，也可獲取對方滿滿的關懷。

146

為了照顧
妳這粗神經
與小迷糊

小婕與皓平在同一家公司上班，皓平屬於工程部，而小婕則屬於文書部門。二人的相識都要拜公司所賜，因為年度尾牙的活動，各部門必須推派規劃及執行的人員，於是兩人因為跨部門的活動合作而熟識。皓平對小婕可說是一見傾心，也可說是一見如故，在策劃活動過程中，幾個規劃工作人員利用午休用餐時間，帶著便當到會議室集合，這時卻看見一臉無辜的小婕走進會議室，這時大家都到齊了，小婕也不好意思出外買飯。看著大家端著面前菜色豐富的便當，開懷並且討論起活動的內容時，小婕只覺得肚裡的飢餓蟲，不斷無情的發出求救聲，讓在一旁的皓平注意到她扭曲的表情時，不覺噗哧笑出，趕緊走到小婕身旁，拿出自己的便當說：「嗨！我叫皓平，妳還好嗎？我是工程部的，妳沒帶午餐吧！看妳一副無精打采的模樣，想必是餓了吧！先吃我的吧！剛好我叫的是綜合壽司，妳盡量吃，有體力才想的出新點子呀！對了，妳是哪個部門呢？」小婕看了一下皓平手裡的壽司，口水不自主的吞嚥起來，摸著飢腸轆轆的肚子，也顧不得淑女形象，趕緊道謝就拿起壽司塞進嘴裡，不斷露出滿意的笑容跟皓平說：「嗯，好吃極了，我真是迷糊今天忘了訂便當，我叫小婕，屬於文書部門，很高興認識你，那我就不客氣了。」小婕看了看皓平，

突然覺得自己太餓了，以致於忘了皓平也沒吃東西，於是不好意思地跟皓平說：「這麼多我一個人也吃不完，一起分著吃吧！」於是兩人就因為一個便當成了朋友。

在會議室裡除了自己部門的同事，對其他部門平時也鮮有機會認識，感覺像是大學時期的聯誼活動，幾個同事大家你一言、我一句的，似乎將工作壓力拋向了九霄雲外，皓平不時提出令人莞爾的新點子，讓大夥討論的愈來愈起勁。而小婕更是在一旁開心附應著，小婕以崇拜的眼光對皓平說：「你真了不起耶，我一直以為工程部的人都很死板、很無趣的，沒想到你的表現讓我觀念大逆轉，可見你唸書時一定也是愛玩一族，要不就是混社團的！」皓平尷尬的摸摸頭說：「哪有呀！只不過我認為除了唸書，也要會過生活呀！若一味的沉浸在書堆中，簡直浪費生命嘛，其實我一直不對外說我是名校出身的，也曾出國唸書，怕有太大的包袱呢！」小婕睜大眼，轉著皓平上下打量著說：「哇！真看不出呀！你這種人最讓人嫉妒了啦！又會玩又會唸書，老天爺真沒良心。嘻嘻！跟你開玩笑的，別介意喔！」皓平笑著說：「不會啦！習慣了，倒是妳，看妳外表聰明伶俐的，卻做事迷糊，剛剛妳同事還趕忙幫妳送手機來，不然又要錯過重要的事了。」小婕說：「我是貴人多忘事嘛！我就這一個小腦袋，哪記得這麼多事，每天處理的公文那麼多，有些小事早不記

得了。跟你說喔！有次送主管出國洽公，結果連資料都忘了帶，被罵到臭頭，只好趕緊回辦公室發國際快遞。」皓平驚訝的說：「哇！妳不會經常這樣吧！小心被炒魷魚喔！」小婕伸伸舌頭說：「唉！沒那麼慘啦！但我得先回辦公室了，免的主管找我，皓……對不起喔，你叫皓什麼呢？」皓平歪歪嘴莫可奈何的說：「我叫皓平啦！糊塗鬼！我看妳記憶功能需要加強囉！」

　　過了幾天，二人又在回家的路上碰面了，兩人指著對方不由得笑出來說：「原來妳也住這附近呀！」皓平故意拉近彼此的關係趕緊說：「我們真有緣呀！」小婕也靦腆地說：「是呀！」為了慶祝兩人的巧遇，皓平靈機一轉提議一起吃個晚飯，反正回家也沒吃的了。兩人挑來挑去來到一家美式餐廳，裡頭賣的不外乎是老美吃的那一套，薯條、漢堡或是三明治。皓平問了小婕要點些什麼，但不常吃美式料理的小婕，則一頭霧水的拿不定主意，於是皓平便自做主張的挑了幾樣合台灣人口味的餐點。等招牌菜上桌後，小婕學著皓平吃法，拿起一根生芹菜沾點酸酸的起司醬，清爽的口感還能吃到蔬菜新鮮的纖維，是女孩子極愛的口感。還有炸起司條，軟Q的起司，一口咬下起司順勢被拉起，香酥的外皮溫溫熱熱的，讓小婕一口一口接著不停。小婕心滿意足的說：「原來美國食物還不賴嘛！你還真懂得吃。」皓平點點頭說：

「我以前在美國唸書時常吃。」時間在兩人說說笑笑中度過，回家的途中，皓平鼓起勇氣向小婕表白：「小婕妳雖然像個傻大姐，神經大條又時常凸槌，但是我就……就是喜歡妳這樣單純、天真的個性，希望妳可以接受我，雖然我沒什麼特殊才能，但我一定可以給妳幸福的。」

Reasons for wedding

　　哇！多令人羨慕的告白呀！天底下的人類擁有獨立的個性及特點，沒有任何人可以取代自己，也無法強迫他人改變與生俱來的性格，更不用妄想自己或對方，為了得到對方而改變自己。天下男女，喜歡一個人得真正的喜歡她的內在性格，成了合法夫妻就別再怨嘆對方。不論雙方個性是互補還是雷同，只要你們相處愉快且確定能夠長久相處，即使像小婕這般糊塗的個性，也有人喜愛的不得了！結婚前可以盡量挑剔對方的缺點，也有權利尋找符合自己條件的對象，所以很多人還是抱持「寧缺勿濫」的交友原則，但是以外貌為選擇婚姻對象的朋友們，小心花瓶的特色，中看不中用。觀察對方的優點，包容對方的缺點，相信彼此的感情之路，會走得更加順暢。

為了聽到妳/你喊我老公/老婆

「媽，我今天面試可能會晚點回來，您就不用等我了，早點去睡吧！」田田今天要到雜誌社面試，經濟不景氣的情況下，雖然這已經是她第二十幾封的求職信，但能夠接受面談對她來說都是千載難逢的機會。一大早便用力的梳妝打扮一番，爲了表現自己的專業感，穿上春天剛買的全新套裝，還特別戴上一副弧眼型的平光眼鏡，增加自己專業形象，得好好把握讓對方印象深刻。沒想到一出門便下起了傾盆大雨，吹整好的髮型受到風雨的摧殘變得有點歪斜，而剛到雜誌社的門口又被一個冒失鬼撞了一下。田田不禁生氣的說：「你沒長眼睛嗎？撞到人也不會道歉。」當時田田嘴裡一邊罵，一邊正低頭檢查自己的裙子有無污損，也沒空仔細瞧瞧撞她的冒失鬼是誰。這時一個頗有磁性的男子聲音回了聲對不起，但兩人卻沒打照面就直接前往面試會場。

在等待的時候，田田一面整理自己的作品，一面也不斷告訴自己放鬆心情別再把大好的機會搞砸了。雖然今天出門狀況連連，但得調整好情緒給面試者一個好印象，而此時一個眉目清秀的男子迎面而來。他一身休閒的裝扮，戴著一副金邊眼鏡，造型頗爲前衛，手上還挽著一包黑色文件夾，看來是個狠角色。田田心想「這人肯定也是來面試的，不知這

次有多少名額出缺，可得好好將自己的專長展現一番，否則
又會被人恥笑是家中的米蟲了，這種日子我可過不下去了，
「加油吧！田田」此時，這個男人突然向自己打聲招呼，田田
也禮貌的回應一句：「您好！」過了幾天，雜誌社果然來了
回電要田田準備上班。田田！簡直樂翻天，高興到抱著心愛
的狗狗猛親，狗狗則一臉茫然的任由主人玩弄，開心的猛搖
尾巴。

　　第一天上班，田田起得特別早，也許是過度興奮反而緊
張的失眠了，雖然眼眶有點黯沉，但整體看來頗為精神奕
奕。田田等待主管的同時竟然看到面試當天的男人，田田心
想莫非他也中選了，看來我們還真有緣呀！這個男孩主動向
田田問早，他充滿善意說：「早呀！真巧我們同時進這家公
司了，我叫佑凱，是新來的編輯，妳呢？」田田回應說：
「您好！我也是，我想我們都同時應徵上了。」正當佑凱又開
口說話時，田田突然被這熟悉的聲音喚醒，「喔！原來那天
撞到我的人是你呀！」佑凱一下還沒回過神，忽然才想起當
天確實撞到一個女孩，因為趕著面試所以也沒注意對方是
誰，這時的佑凱連忙對田田表示歉意，也心虛的表示當天的
狀況，同時為了彌補過錯，還主動提出請田田吃飯以表示補
償。田田雖然婉拒佑凱的建議，不過看他如此堅持也就不好
意思再推辭。

　　兩人見了主管之後才知道，原來兩人是負責同一本雜誌的工作，這會兒成了工作夥伴，今後見面的機會可多了。因為朝夕相處，且常常因為刊物內容製作一起討論，時常得加班趕工或是利用下班時間討論細節，當然偶爾私底下也會發發主管的牢騷，這些生活點滴讓兩人的感情越來越融洽。也許是同時進入公司，也許是緣分的安排，兩人漸漸發展出所謂的辦公室戀情，工作時間的確佔了人生的大部分時間，兩人處在同一間辦公室，對情侶來說簡直就是免費的約會場所嘛！一大早，體貼的佑凱會提著兩人份的早餐進公司，因為田田總是習慣晚起，每每到公司的第一件事就是搶著打最後一秒的上班卡。而工作上兩人皆善盡職守，不因談戀愛而造成工作的延宕。當然兩人與其他同事也相處融洽，甜蜜的舉動當然也會引來同事間的言語，兩人也訂下協議，工作時要避免過於恩愛的舉動出現，同事們也頗為諒解的不再有閒言閒語出現。

Reasons for wedding

　　田田與佑凱不但成了最佳的工作夥伴，將雜誌內容做得有聲有色，感情也悄悄的更加深厚。當你有了心愛的另一半，偶爾也會為對方取小名，來表示雙方的親暱感。有些人單叫一個

字或是乾脆以親愛的、達令等來稱呼對方，尤其是熱戀中的男女，總是希望對方的小名是專屬於自己，擁有小名更能表現出親密的程度，以及獨一無二。其實小名的出現並不止於異性交往，唸書時很多同學間感情超好，也會出現這樣的親暱稱謂，偶爾還可能被懷疑是否有同性戀傾向呢！但或許那都是為了表現感情好的一種方式吧！

　　婚後若有小孩，父親或母親一方可能又會改口叫另一半為「爸爸」或「媽媽」了，仔細聽一下父母的習慣便知了。當然也有許多情人或夫妻還是直接稱呼對方的名字，這可能是因為害羞或是覺得沒有小名可取代。中國人嘛！總是比較羞於啟齒表示親密的行為，為心愛的另一半取取小名，取一個專屬於自己的小名，在許多時機喊他的小名可是會讓對方感動及窩心的。所以呢！如果你或妳的另一半超愛使用對方小名，那你就握有一個很好的求婚理由了，為了得到對方真是不擇手段，只好犧牲自己聽到小名會起雞皮疙瘩的危險，告訴對方你希望能一輩子聽到對方喊你的小名，成全雙方結婚的心願吧！

葉子好書推薦

戀愛野蠻告白

你愛我、我愛她、她愛的是誰？我不知道！
愛情總是說來就來，這一次中獎的會是誰？連老天爺都算不到。
被別人愚弄，不如自己主動。

邱諒◎著

定價：200元

葉子好書推薦
戀愛儲蓄險

人生中最渴望想保的意外險，卻沒有一家公司推出
因為沒有人敢保證你的情人不出軌
靠人不如靠己，全靠這本秘笈

海洛茵◎著

定價：200元

近期出版・敬請期待

廣　告　回　信
臺灣北區郵政管理局登記證
北　台　字　第 8719 號
免　貼　郵　票

106-□□
台北市新生南路3段88號5樓之6

揚智文化事業股份有限公司　　收

□□□-□□

地址：　　市縣　　鄉鎮市區　　路街　段　巷　弄　號　樓
姓名：

Leaves
Publlshing

 書號 L4001 合法試婚—結婚的理由

葉子出版股份有限公司

讀·者·回·函

感謝您購買本公司出版的書籍。
為了更接近讀者的想法，出版您想閱讀的書籍，在此需要勞駕您
詳細為我們填寫回函，您的一份心力，將使我們更加努力！！

1. 姓名：＿＿＿＿＿＿＿＿＿

2. E-mail：＿＿＿＿＿＿＿＿＿

3. 性別：□ 男 □ 女

4. 生日：西元＿＿＿＿年＿＿＿＿月＿＿＿＿日

5. 教育程度：□ 高中及以下 □ 專科及大學 □ 研究所及以上

6. 職業別：□ 學生 □ 服務業 □ 軍警公教 □ 資訊及傳播業 □ 金融業
　　　　　□ 製造業 □ 家庭主婦 □ 其他＿＿＿＿

7. 購書方式：□ 書店 □ 量販店 □ 網路 □ 郵購 □書展 □ 其他＿＿＿＿

8. 購買原因：□ 對書籍感興趣 □ 生活或工作需要 □ 其他＿＿＿＿

9. 如何得知此出版訊息：□ 媒體＿＿＿＿ □ 書訊 □ 逛書店 □ 其他＿＿＿＿

10. 書籍編排：□ 專業水準 □ 賞心悅目 □ 設計普通 □ 有待加強

11. 書籍封面：□ 非常出色 □ 平凡普通 □ 毫不起眼

12. 您的意見：＿＿＿＿＿＿＿＿＿＿＿＿＿＿＿＿＿＿＿＿＿＿＿＿＿＿＿＿＿

＿＿＿＿＿＿＿＿＿＿＿＿＿＿＿＿＿＿＿＿＿＿＿＿＿＿＿＿＿＿＿＿＿＿＿＿＿

13. 您希望本公司出版何種書籍：＿＿＿＿＿＿＿＿＿＿＿＿＿＿＿＿＿＿＿＿＿

☆填寫完畢後，可直接寄回（免貼郵票）。

　我們將不定期寄發新書資訊，並優先通知您

　其他優惠活動，再次感謝您！！

Leaves
Publishing

根
以讀者爲其根本

莖
用生活來做支撐

葉
引發思考或功用

果
獲取效益或趣味